古屋久昭詩集

Furuya Hisaaki

新・日本現代詩文庫
123

土曜美術社出版販売

新・日本現代詩文庫　123　古屋久昭詩集　目次

詩篇

未刊詩篇

エッセイ

解説

詩篇

詩集『料理考』（一九七一年）抄

誕生日

神棚に白いビールを捧げ　まだ
青い九月に祈りをし　あの頃
一番苦しかったよ
というような顔で　父は
買ってきたばかりの
箸をにぎる

どこかの美しい村が　一年に
一度の水浴をする
という話を　食器の
触れ合う音がすぎてから　ぼくは
母にすると　母は
黙りながら　ナベの
底に沈むじゃがいもを少しみつめて
そのかえりに　父の
ほほえむ顔とむずかしい顔に
さわる

この頃　ぼくは
食事のたびに　父の
冬景色のような　落ち着きが
気にかかる
ほんとうをいえば　それが
父の貫禄などと　ぼくには
思えない

父が食器を置く　すると
ハープのかなしい曲のように　父の
人生が　糸を　曳く

風呂

父は
「先に入る」といった
何はともあれ
てかてか光るタイル張りの
新しい風呂には
湯がいっぱいだった
父がしゃつやずぼんしたを脱ぐと
私の立っている床が
ふわりと軽くなるのだ

風呂はうまいぐあいに
長四角だった
父は右足から湯に沈んでいった

腰　腹　胸　へと湯が動いてきた
つまり　下半身から
だんだん隠されてしまうのだ
タオルが一掻きすると
父の生がこめかみを這って
首に流れ出す

遠い日だった
祖母の葬儀のときに
柩のふたの貼り合せが
少し狂っていて
打ち直したことがあった

風呂のふたをながめていると
風呂は風呂でなく　父の
柩に見えてくるのだった

父は目を閉じていた
湯は父の首までは埋めなかった
ちょうどそれだけが
父の残りの人生に見えてしまうと
私は弟を呼んだ

台所

台所がほらあなに見えてくるのだ
そこから笑って這いあがってくるのが
母
ほらあなでなければいけないみたいに私は
笑わなければいけないみたいに母は
こころに一つの仕掛けをもっている
これが生きる家族の姿勢というのであれば
あらゆる料理の匂いは　すでに
まちがっている

鐘

鐘を買ってほしい　という
ボーナスでなんとかたのむ　という
母の　くちぐせになった

大きな鐘だった
大型トラックで運ばねばならなかった
家がすっぽり鐘の中に入ってしまい
おかげで夜ばかりの日々になった

母の頭が鐘にぶちあたると
こおうえーんこおうえーん
と響いた

私がやがて朝のくるのを信じ
それまで眠っていたいというのに
母は毎日それを続けた

みかん

皮をむくと
父の首
母の首

噛みつくと
父の血
母の血

冬の晩
ぼくは考えている

何故
みかんはすっぱいのかと

食べかけのみかんを炬燵に置いて
ぼくは裏の畑に血を吐きにいく

天井

夜　お茶を飲んでいると
天井が　音たてて低くなってきた
飲んでいたお茶を　父は天井に投げつけ
母がやかんを投げた

「おまえは逃げろ」
と二人でいったが

「おれにはおれの天井がある」
と私はすばやい早さでいった
朝　天井のない部屋で
また　みんなでお茶を飲んだ

食後

食べ終って
みんなして茶ワンの底を覗く
「いつみても深いんだね」
いったのは母であった
「貨物列車が走っている」

父が思いがけない静かな声でいう
ぼくはかなりしばらくしてから
「おりてゆこう」という

井戸

帰れない深さが見えるのだ
だが　もっと覗くと
もう決して　何も
見えない

見えないところに
狙いを定めて　私は
まだ新しいままの
スコップを落とす

「なにも落とさなくても」
「いいさ落としたって」
「今におまえが落ちるよ」

通夜

秋の良い日に
バケツが屋根の上で
死んでいた
「どうしてあんなところで」
「誰かが手助けしたんだ」
バケツのそばには
すずめの巣があるのだ
すずめは舞い戻ってきて
バケツにとまっている

旅

「来なくてもよいのに」
と海鳥が啼いた
「初めてだよ」
私はいった
「生きねばよいのに」
とまた海鳥が啼いた

島に近づいても
島にあがるものは一人もいないのだ
私は私の帰っていく遠くの方を
一日中眺めている

二階

夜　深くなると
私のそばにいた誰かが
二階にあがっていく
二階には林があるはずだ
今日も誰かが
二階にあがっていったが
明日になれば
誰かが私になれるというのだろうか

舟

久しぶりに
舟が動いている
今朝　口から入ったばかりというのに
もう心臓のあたりだ
去年の舟や
おととしの舟
欲しくもないのに

からだのなかは舟でいっぱい
歳とれば
舟も朽ちるか

問われる魚

眼玉のなかで
魚がおよいでいる
眼玉のなかで
魚はやがて干される
干された魚は
優しい世界に問われるのだ

水の冷たさを知っていたかと
水の限りを知っていたかと

合掌

覚えておこう
という能力と
忘れてしまおう
という能力が
空に向って
手を合わせたのだ
覚えておこう
という能力と
忘れてしまおう
という能力は
そのあと別々の宿へ戻ったのだ

うまくいったと

覚えておこう
という能力と
忘れてしまおう
という能力は
ヒロシマからの帰りの列車で
一緒になったのだ
消しゴムで
こすられるおもいで

かくれんぼ

鬼にはとっくに見えていても
隠れたものはやはり隠れているのだ

顔さえわからなければいい
まるくびしゃつや
ずぼんは同じものだってある
はだかにされたって
背中の広さでは名はいえない
お尻の大きさだけではわかるまい

鬼が肩を突ついたら
あかんべえをして
愛などみせなければ
目が
いたむだろう

一度鬼になったものは
ついに名をいえぬまま
ひとりで腐っていくだろう

できごと

「お先に」という車がいて
「どうぞ」という車がいて
とうめいこうそくどうろを走っていたんだ

「お先に」という車と
「どうぞ」という車は
たまには一緒に走ることもあったんだ
それから笑い合ったりもしたんだ

だがしばらくして
「お先に」という車が突然火を噴いて
燃えてしまったんだ

すると今度は
「どうぞ」といっていた車が
「お先に」といって
快適なエンジンの音を出して
あっちへ行ってしまったんだ
あっちには海もあったので
あっというまに落ちてしまったんだ

それでも
とうめいこうそくどうろでは
あとからあとから
「お先に」という車や
「どうぞ」という車が
狂ったみたいな顔をして走ってくるんだ

ネギ

畑に行ったら
ネギを踏みつけてごらん
そのために　ネギは
折れやすいのだから
優しさにあふれた世界は
被害の顔になじめない
まして加害の顔も知らぬまま
去っていくのだ
あんなに元気な日々から

近所付合

朝早く
隣の犬がやってきて
カン　と吠えたまま
動かなくなった

トンネルのような口をあけたまま
それでも空をくわえていた

空には雲もまじっていたので
飼い主は悲しみも忘れて
雲を取り出した

それを私の土地に埋めた

飼い主の庭で
飼い主は歯を磨き
私の庭で
私は歯を磨き
遠くから
「おはよう」
と声かけあった

挨拶

彼はもう笑うことをしなかった
かなしみの海を横たえて
さようならあ
と泳ぐのだった

さようならあ　の
あ　のところだけ
人々は岸辺で泣いてみせるのだった

人々は夕食の未来を知っていた
だが　彼だけは
さようならあ　さようならあ
といっては
それを食べなければならなかった

もう彼は
さようならあ　を
全部食べてしまっていた
海の底が彼を待っていた
人々は笑い続けた

森

森へ誘う者がいる
森の深さで眠る者がいる
なぜって
森は闇だから

森の中で目をくりぬかれた者がいた
森の中で足を折った者もいた
その者らが家に帰ったのは
夜のことだった

森がいつ焼かれるか
誰も知らない
ある日一人のきこりが現われて
木の一本を伐り倒したのを
ひとは笑った

列車

どこか遠い意識の果てを
夕日を受けて
列車が走っていく

夜明けの丘の上を
さまよう風のように
ふるえ　おののき
だが　確実に
一つの方向に向って
走っていく

たとえば　白い影のように踊りながら
たとえば　朽ちかけた魚のように気弱く
ぼくらは必然の席に坐り
めいめいの風景を見
めいめいの叫びをあげ
めいめいの故郷を思い

だが　ぼくらの意思は
すっかり抜き取られ
火葬場の棺のように
黒い樹木たちに見守られながら
深く蒼ざめた未来へ
ぼくらは　今
おごそかに運ばれているのだ

甲府駅前夢《む》の周辺

糞が崩れるように
ま夏の正午が斜めになっていく
女が抱かれるように
にちようびの気温がゆるいでくる

昨日はまだ元気だったという心臓病の少女が死ん
だ
病院の屋根からモロコシ色の煙りが昇って
驚いた近くの八階建てのビルの屋上にいた県庁の
役人が
小便を
平和通りに垂らした

わたしは見ていたし聞いたりしていた
鳥たちの低い鳴き声や
空の苦しいきしみの音を
動物たちの下水のような汗を
にちようびの甲府の市民が
流れるように方向を失い
でぱあとに吸いこまれていくのを

ほんとうは今日はまだ明日ではないのに
さらりいまんの優しい希望が
子ども連れで歩道を這っていく
あれは狂っていく
あれは狂って帰ってくる
まるのうちいっちょうめいちばんの店先で
狂って売られる運命などを
誰も知ろうとしないのだから

すかいたうんの高さが
空の青さをかかえこみ
雲を遠くへ押しやり
苦しい素質をみせてくれる嘔吐
長い大きな陸橋で
わたしは走ってきたかろおらすぷりんたあの女を
覗きこむ
だいなまいとを横に乗せ
みにすかあとを十枚も束にし
これから海にゆくのだというその少女は
実は甲府市立動物園から逃げてきた
イタチだというが
首飾りの輝きには
一九七〇年の朝がどっさり隠れている

遅れて始まった会議に
遅れてやってきた市会議員が祝辞を述べ

祝辞よりもながいよだれが流れ
料亭は大もうけをしたといって喜び
次にも頼むといって市会議員は立ち
次には聞いて下せえと町に住む百姓がねだる

北海道旭川のまちでもそうだった
仙台でも金沢でも大阪でも熊本でもそうだった
駅前広場にはきまって蟻が死んでいた
はいやあがひいたというが
はいやあはいつもそのようにしていちにちを終え
そのようにしてひと晩を眠るのだ

西日がかたりと欠けて消えるころ
ふくれあがっていたでぱあとから
少女の出血のように
ひとびとや肉人形がふき出る
みんな自分自分の首を抱え

なかにはさまあせえたあにどっぷりと首をつっこみ
粘液性の音を立てている者もいた
でぱあとは月経が始まったように急ぎ
月経が終ったように口を閉じ
あとはただゆうれいのように聳えるだけだった

せんきゅうひゃくという美しい発音に
なってからななじゅうねん
わたしたちは何を埋め何を育てたか
ねおんただれるばあ「玄」で
さっぽろびいるを飲みながら
ななじゅうねんのうちのさんぶんのいちちょっと
をふんできたことを
手に持つこっぷに入れてみると
確かに泡だつのだが
見知らぬ隣りの客の鼻息に

たよりなく消えていく　可愛さ

めいめいがめいめいの歩行を歩く
ななじゅうねんは
めいめいがめいめいの地下を知らないで
通過できるななじゅうねん
書店では
悲しいことがさんかくじょうぎでつくられ
レコード屋では
めんようの鳴き声を売ったそうだ
買うから売るのだ
売るから買うのだという
責任転嫁時代にふさわしい問答が
新宿発長野行列車で甲府におりたひとびとの耳を
　えぐる
卒倒するように

高いビルは威張り立ち
ビルの男は威張りたち
だが　あれは勃起だ

わたしはまだ見ている
目のとれた小犬と
坐れない疲れた老人を
風船のように
ひとびとの位置は軽い
だが　りやかあのように
ガタンと前につんのめっているわたしたちの姿勢
生きたために倒れ
倒れたために起ちあがらねばならない老人は　し
　かし
なぜ洞窟のような甲府駅に入りこみ
なぜ熊のような列車に乗りこむのか

家族連れの課長がきりぎりすのように騒ぎ
奥さんがこんにゃくのように笑う
それが町であったわたしたちの
にちようびの日常か
だとすれば　明日のおはようは
がそりんを飲んだように嘘だ

せんそうを知らないわたしたちが
ころなまあくつうの乗りごこちを知っていて
せんそうを知っているあなたたちが
平和通りの計画を知っている
そんなものか　世代の長所なんて

ぶたの背骨に乗るように女を抱く
ぶたのしっぽをつかむように愛を摑む
ぶたの目をくりぬくように給料をとる
ぶたのおっぱいを見あげるように未来をかしげる

ぶたがぶたの群れからはぐれるように
ひとの群れからはぐれる
ぶたのいっぴきのようににんげんもまたきたない
　孤独か

死ぬときはみんなL字型に
生きるときはみんなI字型に
親切な福祉事務所の職員が
すぴいかあをひっさげて町をゆく

一つ署名を　平和からにんげんを守るために
いいじゃあないですか減るもんじゃあねえだから
と女をくどくときのように
口から液体を排出し
やるせない人情話を語るひとときを

さんびゃくえんのばななを下さい

ばななの皮で
憎いあの人が転んでくれるかしら
成功したらトマトも買ってあげるわ
駅前ろおたりい近くの果物屋さんは
今日も大盛況
おとなりのたくしいやさんでは
むちうち症の運転手が五人も住んでいる
来年の春闘までには新しい労働基準ができると所
　長はいうのだが
一人になるときは
きまってゆうがな顔をするので
お客はふしぎそう

わたしたちのねんどのような年齢から
ひとつの怠惰が裂けていき洩れていき
あすふぁると道路を甲府から西へ
更に西へと流れるとき

わたしたちは自己と他者との鬼のようなつらがま
　えに酔うのだった
甲府駅前広場に集まる若者の
あの痩せた笑いには
すでに他人のれきしが始まっている

いちにちが　いちにちの隅で臭くなって減ってい
　くゆうぐれ
ぱちんこやのなかでは
巨大なかたつむりが明日の地図をひり落とすよう
　に
長いウーをうなっている

料理考

夜中に落雷があった

眠れなかった眠りにガーゼを当て
ブラコはどんな復讐をしてくるか

朝の食事のときに
たそがれのような影の糸が
私の背中とカロの臍のまわりを結びつけ
ひたひた泣いていたよ
小便をたらすように
それは透き通っていたよ
冷蔵庫の中にしまっておいた百円札で
私たちはどんな野菜を買えばよいか
朝が流れていく食卓の岸辺で
にわとりの卵を落としたように
カロの声が一瞬ふり向く
そしてそれは　いつもかすかに時間に遅れるのだ
とうふ屋のラッパが流れる国道一三七号線

バス待合室で
少女が孕んでいた死をひった
臭かった
みんなよけてバスに乗った
ところがバスは柩だった
柩だったから行くところは決まっていた

傷は痛むか　ムウよ
傷は腫れるか　カロよ
もう　やめたよ
あれは嘘だよ
あれは　メロディだったよ
休日の優しい光がしおれる午後のドライブインで
あなたは　東
あなたは　西
私は　北を向いていたよ
走ってやってきた少女の首をいただき

空からおりてきた雨の伸びた舌をひねり
犯罪人ひとしく夏が裂けていく
――祭はどこでするのですか
――生贄はあたしかしら
――祭は歓ぶべきものでしょうか
――大昔のアイスクリームを食べたいわ
少女はいつもそっくり少女のままだ

風が進む部屋の隅で
うっと耐えている時刻を喰べる石のムウよ
石の重さに私は慣れたよ
石の白さに私は飽きたよ
石の中には桃畑が見え
そこではキャベツが永遠を向いているよ

晩秋蚕が始まるさくいちさんの家で
からあてれびを買った
すいっちをひねったら
画面から少女の血が流れてきた
事実さくいちさんのずぼんは赤く染まったのだ
少女はカナカナ電機の工員だった
カナカナ電機では
今年一度に一万円も給料があがったというが
少女が何故血を流したか
男がいたという話はきかないが
少女一つ崩れると
一つ見事にばけつの底が出来あがるという
ぷれす工場の片隅のそれは小さな物語か

夜の列車が二階に止まっている
乗れないでいるカロよ
坐れないでいるムウよ
私は見送人だよ
天井の下で私は歩けもしない不具者の

見送り人だよ

街ではビルの背後から
得体の知れない液が流れ出し
警察署前で涸れていく
市長がやって来て
おわようと何度もいう
おはようでは知的すぎるというその市長は
おわようという発音で
少女の眼つきを崩すのだ

さて　ブラコよ
おまえはどんな復讐を私にしてくるか
村にも町にも空気は届き
声の輪廻がひびいているよ
車のライトのように瞳を輝かせ
ムカデのように多くの足を持ち

這いずる私は　ブラコを騙せるか

本当だよ　ブラコ
誰も見ないよ　ブラコ
よせばいいのさ　ブラコ
触れると恐ろしいよ　ブラコ
求めてはいけないよ　ブラコ
ブラコ　よしておくれよ
疲れてはいけないよ　ブラコ
希望は絶望より深い病気だよ　ブラコ
夢の中に医者はいないよ　ブラコ
ブラコ　溺れてはいけないよ
みんな逃げているのだよ　ブラコ
誰もためらってはいないよ　ブラコ

遅れて起きたカロが
牛乳瓶をからにする

飲んでしまったよというカロは
あたりまえだよという私に驚いてみせるが
私はもういやだよ
そんなつながりなんて
海には重さがないのだよ
空は広さではないのだよ

秩序はいつも盗まれる
昨日もそうだったし明日もそうだ
都会ではいよいよ怪獣が安く買えるという
怪獣を買ったものが怪獣になり
買わなかったものはいつまでたっても
人間でしかいられない

いつブラコはやってくるのか
私はブラコを騙せたか
太陽を浴びても
私のうしろに影ができない

御坂峠

夜明けまだ早く白暗い月の落ちる
頃　傾く鶏舎から人相不明の男た
ちもしかすると女たちが石なき粘
土の坂道を登っていくその数ます
ます多く群をなし影の塊引きずり
おぼろげに赤き大きな口をあけひ
りろおんひりろおんと異様な声吐
き闇残る樹林の葉の接触を避け遠
く聞える谷川に時々耳傾け耳離し
村との距離を拡げていく星まだパ
ラパラと空に貼りつき山おとなし

く黒き稜線を横たえ眠る樹の幹不動の直立を続け眩ゆいばかりの峠の光今はその勢いを弱め静寂のなかでただ遊ぶばかり　男たちもしかすると女たちそれぞれ血のしたたるニワトリ一羽ずつ摑み一歩一歩確かな足どり早め峠目指すと死にきれぬニワトリ青い卵一個なかには二個も産み落とすわが身の末期にふさわしくと考えたのか峠越えるともはや故郷見失うと考えたのか死にきれぬニワトリ美しくも鮮やかな力発揮しそのあとついに帰ることのない未知の深さ暗さを追ったのだ　先頭の男もしかすると女が摑んでいたニワトリの産み落とした卵二番めの男もしかすると女グシャリと踏み二番めの男もしかすると女が摑んでいたニワトリの産み落とした卵三番めの男もしかすると女グシャリと踏む　そのようにして卵次々と割れ峠に向かう坂道すっかりぬるぬるとし男たちもしかすると女たちの足奪い男たちもしかすると女たちの群たちまち乱れどの貌も更に人相不明な妖しげな形相となる　夜明けしだいにすすみいつしか星も空の遠くへ隠れ東の空日の出をまつばかり男たちもしかすると女たち峠に登りきらぬうち足とられぬ努力したため全身の力使い果しついに倒れわずかに先頭の男もしかすると女だけ峠たどり着く峠にて男もし

かすると女息するどく一回吐きそ
のあと輝くばかりの日の出浴びる
とそれまで人相不明の貌たちまち
はっきりとなり男もしかすると女
だったものの正体なんともともと
のっぺらぼう　のっぺらぼう村見
おろしゲロリと笑えばその表情確
かに人間にまちがいなし　傾く鶏
舎青白い屋根浮きあがらせ峠に続
く坂道今はひっそりとしてただ朝

詩集『**椅子の眼**』（一九七三年）抄

距離

距離とは
見失うまいとする
あせりの大きさである
存在への
永遠の希いである
たいせつなものをなくしてしまえば
距離は
一瞬にして倒れる
悲鳴の長さは　すでに
距離ではないのだ

量

量とは
感情の喪失への
道のりである
悲哀も
怒りも
消えてしまう
方向性のことである
一つの死の本質も
量になってしまえば
ただ　言葉でしかない

含む

含むとは
生が　死を孕むことである
自己のなかで育った死は
最後に　他者の生に含まれる
他者によって
見とどけられるというのである
だが　そのとき
ひとは　誰も
涙など　流さぬだろう
ひとは　誰も
哀しみなど　見せぬだろう

坐る

坐るとは
理想のなかにある重さを
頭から下半身に
引きずりおろすことである
だが
坐ると　歩けなくなる
苦悩の顔で
ふたたび　重さを引きあげるのだ

溺れる

溺れるとは
水の
圧力のなかに
棲むことである
圧力のなかで
保護されることである
だが　ふたたび
もとの位置には
もどれない

独楽

独楽とは
偽善と速度との関係のことである
ためらうと
立ちつくすことができない
一切の善には　目をつむり

あらゆる良心を払いのけ
あらゆる力で逃げきるのだ
最後にひとはいうだろう
見事な独楽だと
生き抜くには
ああでなければいけないと

背中

群れのなかで
背中が見えてしまうのはつらい
本当の表情は
向側にあるというのに
みつめるものと
みつめられるものとの
美しい約束があるというのだろうか

みてはいけないものと
みられたくないものとの
寂しい願いがあるというのだろうか

君よ僕よ
宿命の距離をおいて

おまえは　僕の背中を流し
僕は　おまえの背中を流すという
近しいしぐさを　してはみないか

願い

さようなら　と
さようならあ　は
帰ってくる楽しさと
逝ってしまう寂しさの
違いである
わたしの身近なひとが
みえない世界に入っていくときは
帰ってくる寂しさと
逝ってしまう楽しさのような言葉で
ちょっぴりうしろを
振り向いてくれるだろうか

忠告

絶望のように
希望だって
病気さ
私の
快い大脳の
眠りよ
夢のなかに
医者を捜すな
夢のなかに
病気の顔を　植えよ

傷

傷は
どこから意味を独占するか
傷は
どこで痛みを逃すか
痛みから意味を広げる日常と
意味から痛みをしぼりだす日常は
今朝の私たちに似てはいなかったか
父よ

ふろしき

隠すことは知っていても
包むことを知っている者は少ない

隠す者は　他者をも隠し
包む者は　他者をも包む

自己と他者との間で
隠す者は　目を使って声を拾い
包む者は　何も使わずに声を捨てる

一枚ふろしきをあげたら
きみは　どうする

もっと深く

といれで糞をひった
という事実を

山を越え　東京へ
海を越え　ベトナムへ
持っていけるか
わたしたちは

糞をひった
という事実を
幸福に還元できるか
わたしたちは

糞
という事実を
生に置きかえられるか
わたしたちは

熊

熊を吐き出す奴がいて
熊を喰う奴がいて
熊の腹をさする奴がいて
熊の性器を切る奴がいて
熊が泣くものかという奴がいて
熊が笑うものかという奴がいて
熊に抱かれたという奴がいて
熊に蹴とばされたという奴がいて
ある日　そういう奴らが集まって
平和について
自由について
男について
女について

愛について
欲について
政治について
金について
話し合いというのを重ねたが
誰も態を見た者はいない
といいだして
無事に会合を終えたのだが
誰一人席をたつ者はいなかった

椅子

椅子が
舞い立つのを見た

苦しい悲鳴をあげて
事務所のガラスを突き破り
冬の空へと
舞い立ったのだ

椅子が
なぜ　位置であらねばならなかったか
椅子が
なぜ　結果であらねばならなかったか

椅子は　無くたっていいのだ
椅子は　赤い炎に燃えていけばいいのだ

椅子の　人生のようなもの
椅子の　生涯のようなもの
が　あったかもしれぬ

だが　椅子は

やはり　無くたっていいのだ

椅子は
痛みの　席だったから
椅子は
差別の　場所だったから

詩集『**落日採集**』（一九八五年）抄

水たまり

四人で
道を歩いていくと
水たまりに出あった

一番先に
妻がまたいだ
水の鏡に
彼女のスカートがゆれた

二番目に
長女が　水たまりのふちを
遠まわりして向こうへ渡った

渡るとき
彼女は息をひそめた
密林の小さな湖を見つめるように

そして
こんなことって
あっていいのだろうか

次女は
まるでガリバーのように
それは乱暴に
水たまりに足を踏み入れたのだ

水たまりの秩序が
一斉に叫び声をあげた
波紋が口をあけ

彼女の足にからみついた
彼女は　平気で
それを軽く蹴った

水たまりは
一瞬　淫らなところをみせた

棲みついていた青空は　まだ
行方不明のままだ

水たまりの前に
私は　立っていた

水たまり
おまえは何者

私は問うていた

問う意味を
私は妻やこどもよりも
わずかばかり知っていた
そのため
水たまりの向う側に
すぐには渡れないでいた

時がしばらく流れた
私は　目で水たまりを押さえながら
向う岸へ渡った

妻たちの声が聞こえた

顔を洗うまで

朝がくると
わたしたちは順に
目をさました
目をさまさない者には
窓をあけて
花の香りの朝をあたえた

こどもたちから
朝をあるいた

夢の一滴が畳におちる
おとしたこどもたちは
知らんぷりだ

蛇口をひねる
手のひらが湖になる
指をまげると
入江になった

湖は澄んでいる
一呼吸して
湖を
そっと顔につけてみる
わたしは　溺れた
ひそんでいた光が逃げる
湖は　もう
存在できない

秋の日に

金魚の大きいのが
空を泳いでいる
秋ですね
風は無邪気に
雲の上で転んだりしている

金魚は
二匹で泳いでいる
私が見上げていると
何が見えるの　と妻
見させて　とこどもたち
口あけて
みんなして
金魚を食べたそうにしていると
近所の人　寄ってきて
金魚なの　あれ
と指さす
見えませんか金魚に　と私

絶対に金魚よ　と妻
金魚だもん　とこどもたち

金魚は
時々うろこを光らせている
あの金魚　原爆落とすかもしれないね
こどもたち　冗談でいったが
金魚の周辺は静かで
きれいな空で
何かを落とさせたいような
そんな秋の日
なのです

もう一つの運動会

こどもの運動会に誘われた
誘われた位置から
運動会は始まる
ようい　ドン
何回　聞いただろうか
銃声に罪はない

こびとのような
こどもたち
まだ人生も知らされないで
走っている
走らされている

秋のイエローの空気
うすい胸で押して
また押して
ときに
どっと押し返されて

こどもは
無邪気でいい
転んだのに　笑っている

運動会が終って
みんな生きがいのように
疲れて
ゴールがないみたいに
歩いて

フライパンの海

にちようび
本が読みおわったので
ふらり　ぷらり　ぶらりと
台所の方へ
あるいていった

ふたりのこどもたち
わらっていた

おもしろいネ
ひっくりかえすってネ

フライパンに
へんな海が　横たわっていた
波なんか少しもなくって
水平線も欠けていた

海は
また跳ねた
台所の　青くもない空を

つかもうとして
ひっくりかえって
つらくなり
なりすぎて
ニタッと背中をみせて
そのまま
ぶざまに
フライパンの底に
頭　頭　あたまを
ぶっつけた

おもしろいネ
ひっくりかえすってネ

台所の国とエンピツの国

台所の国には
銃こそないが
包丁がある
プロパンガスがある
人を刺したり
ガス死させたりする
武器がある

私の国には
エンピツ
ノート
消しゴム
少しの本と

二人のこどもがいて
いまは平和にくらしている

時にのどがかわくと
台所の国にいかなくてはならないので
私の国に住む
善良なる市民は
台所の国に住む
私の妻を
こどもたちの母を
刺激させないようにと
外交だけは
しっかりとする

台所の国には
包丁があって
プロパンガスがあって

私の国には
エンピツがあって
ノートがあって

かなしいことだが
一応
国境というものも　ある

殺意

首をしめたくなった
ビールビンの細くなっているところを
一思いにしめたくなった
ビールビンは　心がうすぎたないから
足もないのに立っているから
目も鼻も隠しているから

ツンとすましたその態度が
小憎らしいから
首をしめたくなったのは
きのうのことだ
一人で台所へ行ったときだ
食卓の上で
ビールビンは利口ぶっていたんだ

むかついた胸の奥を
ぐっとこらえた
こらえて　だが
それでおさまるものではない

結局　バカだ　阿呆だ　ちんちくりんだ
ビールビンなんか

首をしめたくなったのだ
一思いに
ビールビンの苦しいうめきを
聞いてみたくなったのだ

リンゴ

深夜に
リンゴが二つ
床の上に転がって

かわいそうに

まだ
リンゴそのままの姿で

赤く頬を張りつめ
向う側には　だれも知らない
闇を隠して

リンゴは
遠いところから
たった一本の道を辿って
しかし　なぜ　いま
ここに　こうして
転がっているのだろう

無惨にも
丸裸のままで

妻は眠りの中で
こどもたちは　夢の中で
時を　一つ一つ刻んでいる

私は　いましがた
友と酒を飲んで
帰ってきたばかり

二つのリンゴ
向い合って
どう見ても
必然の位置

もしもそれが
リンゴの意思であるならば
私は　いつになっても
リンゴを拾えない

川

眠る人と
寝る人がいて
その真ん中には
熱くもなく
冷たくもない
永遠の川が
いつも流れている

その夜
私はずいぶんと遅く帰ってきた
妻はすでに眠る人となっていた
私は彼女のそばに寝た

川を渡って
彼女の吐息が届いた
私は呼吸を返した

眠ってしまえば
もう世界はない
私はまだ眠らないでいるから
想う世界と
考える世界を
さまよっている

眠る人は
いつも勝ちだ
寄せつけない
何も

寝ていても

眠ってない人は
眠る人の
つややかな髪の毛や
白い背中のうしろで
自分のことや
眠る人のことを考える

明日の夜になれば
川のせせらぎに
そっと溶けこむようにして
今度は　私が
眠る人に
かわっていけるだろうか

文鳥

三年飼っていた
文鳥が死んだ
遺書はなかった
それが
文鳥の寿命だったか

私たち家族で
畑に小さな墓をたてた
最後の土を
長女が盛った

夕日は
さらに翳った

立ちつくすことで　私たちは
何を語り得たか

家に戻って
めいめいの用事を済ませると
私たちは食事をとった
冷んやりとした空気が
食卓を流れ
焼いためざしが
ゆれた
私は思う
文鳥の遺書は
残された者が
書くものだと
それぞれが
それぞれのために　深く
語っていくものだと

落日採集

さあ　でかけようか　と私

まちに待った　にちようび
妻とふたり
西の方へ
県境の方へと
落日採集

あみは持ったか
おおきなふろしき忘れてないな
空には
まっ赤に散った　ゆうやけの波
妻が　おんなの顔でかぶる波

スズメが
林のなかで
ちちと鳴く
休もうか
ドライブインには　風一つ

いつからだったか
こうして私たち
にちようびには
きまってでかける
落日採集

過ぎ去ったいちにちが恋しいためか
きのうのいちにちを取り戻したいためか
きょうのいちにちを終らせたくないためか

あまりにはやく
逝ってしまう　日
いちにちという　日
きょうという　日

つかめたか
そいつは　おおきいか
あまりに　おおきいか
落日は　輝いたままか

ふろしきに包んで
肩にかつぐのは　私
もう逃がさない
逃げはしない

新幹線にて

風のように
通りすぎていくだけの意思

新幹線こだまの中で
わたしたちは
すばやく逃げる
静岡をみる

ふりかえらない
だれもが一直線に
走りすぎていく
（往きて還らず）

波のような速度が
ましてくる
ステキだな
移動していく　ということは

妻と
むすめ二人
連れだって
往くだけの旅
還れない旅

家族四人
むつまじく
白い弁当ひろげて
半光沢の平和を
たべる

風のように　いつだって
通りすぎていくだけの意思

むすめよ
妻よ
みえるか
海の向こうのまぶしい国

ドライブ

免許をとったばかりの
妻の運転する車に
私たちは乗っていた
親しい人々が流れ
町が流れた

声も出さずに
手も振らずに
私たちは
その町や
その人々と
次々
別れた

高速道路に乗り入れると
家々も
森々も
畑も
みんな一本の地平線になるのだった

快適ね
行けるところまで行っていい？
いいとも

花の咲く丘
平和の村
行けるものなら
おとぎの国なんかへも

車は快適にだけ
走った
晩秋の景色が
時間を運んできては
後方へ逃がした
そうして
そのときだった
………

私たちは
その現場をおそるおそる
横目でながめて
走り去るのだった

花の咲く丘
平和の村
おとぎの国
もうだれも
そのことをいわないでいた

料金所で
私たちはカネを払った
快適料ですよ
おじさんは　そういって笑った

私たちは
見知らぬ町で
めいめいの食事をとった

桃の花

田舎の夜道を
とぼとぼ　あるいてた
とぼとぼ　なんて
いまどき
はやらないので
途中から
すいすいとあるいた

すいすいと　あるいていると
何かにせかされて
あるいているような気がして
また　とぼとぼと　あるいた
とぼとぼ　あるきながら

なんとはなしに
畑の方を見た
気になって
畑に足をふみいれると
桃の花が咲いていた
それは
夜だというのに
すごい咲き方だった
足がすくみそうになった

もう　とぼとぼ
あるくどころではなかった
いい年をして
とんで家に帰った
なつかしい
力のようなものがあふれて
ふるえた

次の日の夜
同じ道を　あるくのに
こまった

ライオンの受難

本屋で
立ち読みしていると
私のからだに触れてくるものがあった
見ると　ライオンだった
ライオンも本が読みたいのだ

私は横目で
ライオンが手にした本のタイトルを
盗んだ

特集ものの　その企画には
アフリカ旅行が紹介されていた
なるほど
アフリカはライオンの母国
生まれ育った遠い祖国
ふるさとと想うライオンの目に
どんな一滴のしずくが
あふれていたか

ライオンは
手にした本を買いこむと
街の中に消えていった
私が立ち読みしていたのは
マンガ本だった

本屋から出ると
街には

ゴリラや
クマ
キリンや
ダチョウが
不器用に車をよけたりしていた
よけそこなったのは
本屋で会ったライオンだった
血が夕焼けのように
道路を
流れた

夕日のゆくえ

仕事を終えて
街をぶらついていた
何かあたってくるので
みると
夕日だった

夕日は
早く沈みたがっていた
輝き続けること
それが　どんなにつらいことか
わたしも
知らないわけではなかった

夕日
どこに沈ませてあげようか
わたしは　ビルの高みをながめた
走り去る車の　さらに向こうをながめた
ひとびとの背中をながめた
「沈めない夕日の苦痛というものは

過去の栄光に比例する」

街の暮れ方で　街が暮れるように
わたしの暮れ方で　わたしが暮れるように
夕日は夕日の暮れ方で　沈みたい
だろうに

わたしはバスに乗る
天から預ってしまったような
夕日をだいて

気がつくと
バスの中だけが
夕焼けに染まっていて
わたしの手に　夕日はなかった
バスは
地平線を切るように
見知らぬ街を　走り続けた

自転車と夕焼け雲

ぶどう畑で休んでいると
緑の道を　西の方から
自転車が一台
走ってくるのだった

よく見ると
だれもいない　乗ってはいない
自転車は　勝手に走っているのだった
そして
荷台には
夕焼け雲が　くくりつけてある

自転車は
東へ走って行こうとしたが
夕焼け雲が　後輪にからみつき
私の前で
もんどり打った
そのとき
一人の少年が
夕焼け雲の中から
飛び出してきた
幼いころの私だった

私は夢を見ていたのだ
ぶどう畑と
緑の道と
自転車と
夕焼け雲と

少年と
もう二度と会えない日の
夢を

夕暮れ

雨はあがった
まもなく　夕暮れて
町に
村に
あかりが
ともろうとしていた

私たちは
一度通った覚えのある道を
かげろうのようにあるいた

一人は重い足どりで
一人は
行くところがないのにあるいた

いちにちが
ひどく長く感じ
いちにちが
どこか知らない国を
旅する時間のようにも思えた

私は
私の思いで
あるかねばならなかった
それを
幸福といえば　いえた

私があなたになり
あなたが私になる
そういう季節を
ついぞ私たちは知らない

夕暮れてから
時は一度だけふるえた
私たちが立ち止まったからではない
ふりかえったからではない

町に
村に
色づく光の虫たちが
はねはじめていた
それを
美しいと
一人は　いえた

夜明け列車

夜明け
見たいな
………

昔　まだぼくが独身だったころ
友と二人
夜明けを見に行ったことがあったっけ
酒場で一杯やっていて
不意に夜明けを見たくなったのさ

深夜の列車に
客はまばらだった
ぼくらは　窓の向こうの夜をながめながら
うっすらと眠ったりもした

列車は山あいの小さな駅に着き
長く停車した
そこが終点だった
ぼくらはしばし目を閉じた
終着駅が始発駅に変ると
列車はぼくらを乗せて
また走り始めた

やがて　遠くの空の中に
夜明けの時の色がはっきり見えた
町々や村々の輪郭が浮かびあがった
大地の新しい呼吸の音がきこえ始めた
ぼくの胸が感動でいっぱいになった

あの夜明けから
もう十数年が過ぎている

ぼくは　あれから何回
夜明けを迎えたろう
昨日の夜明け　今朝の夜明け
だが　ぼくの本当の夜明けは
あれ以来　こないのではないか
見たいと思って見た　夜明け
あのとき一回きりの　夜明け

罪

木は切られるとき
なぜ　痛いと叫ばないの
鋭い刃をたてられても
どうして　それを許すの

やがて私は
それが木ばかりでないと知った
登山道に咲いた花
地面を這っていく虫
調理台に置かれた魚

私はうつむくことなく
理解する
それは　そういうものだと
それが木であり花の宿命のようなものだと

おとなになって私は
人の世にも
そういう人がいる
ということを知る
切られても痛いと叫ばない
鋭い刃をたてられても
それを許してしまう

そういう人が
ついに
いてしまうということを

名を言おう

それが
木だと知ってはいても
何という名の木なのか
知らない
花だと知っていても
鳥だと知っていても
名を言えない
名さえ言えたなら
もっと親しくなれただろうに

木はポプラ
花はコスモス
鳥はヒバリ
みんな名づけられている
だれかに　呼ばれるために
だれかに　愛されるために

名づけられたもの
その数
何百万　何千万
ああ
名さえ知っていたなら
私のまわりは
もっと親しいもので
いっぱいになったのに

人にも　名前がついている

父や母に友に
呼ばれるために
そして　だれかに愛されるために
名づけられた人々の
数知れず

世界は親しい人たちで満ちている
はずなのに
私は彼らの名を言えない
まちをあるいていく
名さえ知っていたなら
私は　その人の足を止めさせただろうに

それがエンピツだとわかっていても
魔法ビンだとわかっていても
靴だとわかっていても
その名を伏せて

ゴミ！

ゴミと言ってしまえば
ゴミ
どんなに立派な机でも
それは机ではなく
ゴミ

それが木だと知っていたなら
木の名を覚えて　木の名を言おう
それが花だと知っていたなら
花の名を言おう
鳥の名を
人の名を
はっきりと言おう

風

風といっても
台風のような
そんな怖いこわい
風ではないのです

優しくって
可愛いくって
わたしの指図どおりに吹く
「風の奴隷」のような
「奴隷の風」のような
考えようによっては
とっても悲しい風なのです

その風は
いつもきまって
同じ位置から吹いてくるのです
ときには紙などヒラヒラ舞いあがらせて
イタズラもするわけですが
憎めないのです
何か不機嫌があったとき
首を振って
イヤイヤをしてみせるのです
でも　イヤイヤの仕草をしながらも
風はちゃんと吹いてくるのです

愚かっていっていいのか
哀れといっていいのか
人生訓にでもなりそうな
風の姿勢に
わたしはすっかり頭が下がってしまうのです

風がうちの女房のことだなんていえば
婦人の地位向上に傷がつきます
風は女房のことではありません
ナゾナゾのようにいえば
夏とともに去りぬ
風なのです
もっとわかりやすくいえば
背中にコードがくくりつけてある
風なのです

見えるうちは

むすめが
最終のバスに乗っている
足をそろえて　行儀よく
むろん黙って
それから
目を閉じたり
開いたり
バスは
あいかわらず
止まったり
動いたり
そのたんびに
ひとり　ふたり
バスからおりる　消えていく
むすめは待っている
今か　今かと
そうして　やっと
おりるときがきた
むすめは　立ちあがる
席から　離れる

ひまだから
乗客は見ている
思い思いに
時に　獲物のように
むすめの顔を
からだを
着ている服を
その仕草の一つ
ひとつを
むすめは定期券を差し出す
運転手は
見ているようで
見ていないようで
むすめは
バスをおりようとする
運転手は前を向いている
むすめはバスからおりる

おりてしまう
それから先
むすめのことは
だれにも
わからない
と
思っていたら
悲鳴と
どすっという音がして
乗客は窓から身をのりだす
もう　ひまでも
なんでもなく
思いがけないことであったので
少しふるえて
乗客は窓から身をのりだす
それから
見えるうちは

見ている

トボけた男がいて 女がいて

「ただいまア」
だけが人生さ
なんてトボけた男がいて
「行ってくる」といっては
もう帰り
「忘れもの」といっては
もう戻り
そわ　そわ　そわ
そわ　そわ　そわ
それもそのはず
その男
土地という名の
宅地という名の
地球の上に
ご自慢の
家を建てたのさ
一世一代
念願の

「香ばしい」
だけが人生さ
なんてトボけた女がいて
「柱が香ばしい」
「畳が香ばしい」
「壁が香ばしい」
ついでに
「夫も子供も香ばしい」
などといいだして
部屋の中

うろ　うろ　うろ
うろ　うろ　うろ

「すみません　地球の上に　家を建てました」
「すみません」という礼儀がいい
「地球」という響きがいい
「家を建てた」というロマンが好きだ

一家団らん
今日も　明日も
当分は

窓を閉める

閉めすぎて
空を失わないように
閉めても
空気を殺さないように
やさしく
ほとんど嘘のように
窓を閉める

窓を閉めてから
窓を閉めないことを考える
笑ってから
笑わないようにと考える
疲れてから
疲れないようにと考える
敗れてから
敗れないようにと考える
考えてから
考えないようにと考える

閉めすぎて
窓を失わないように
閉めても
空を忘れないように
遠い記憶を掘りおこし
ほとんど同じやさしさで
窓を閉める

窓を閉めてから
暗さの中で
空を考える
近い明日の空を考える

考える深さで
空を失わないように
考える強さで
窓をこわさないように

閉めすぎて
空に血を見ないように
閉めても
どくどくと生命の響きが
きこえるように

ある国の

アフリカの
ある国では
たべるものがないので
口に入れることも
噛むことも
わすれてしまうほどだった

おとなも　こどももだった

人間なんて
生き物なんて
人生なんて

でも
分けてください
パンを
りんごを
お乳を
喰えるものなら
なんでも

カネもいらない
学問もいらない
友だちもいらない

恋人も
あたたかいお風呂も
いらない
いらなあい

ください
一粒の麦を米を
くださあーい

飢えは
アフリカ地図の
あっちに　こっちに
バングラデシュや
インドへまでも
しみのようにひろがっているのに
この国　日本では
いまでも

奥さん　どうぞ　ご一緒に　と
料理教室が盛ん
おさとうは　これだけ
おだいこんは　これだけ
お肉は　たっぷり

たべすぎては　ダメ
すききらいがあっては　ダメ
お腹には八分よ

料理評論家は
とても　しんせつ
それでも
肥満児は絶えない

地球は冷えてきた
われわれの食糧は　大丈夫か

そうして
世界食糧会議
ローマへ
ローマへ
参加した各国の代表者は
不思議と　どなたも栄養満点
太って　ふとって
みんな立派にみえる

地球は
いつでも
一日一回転
アフリカの空
インドの空
バングラデシュの空を
世界の国々は
あくびをしながら

通過する

ヒコーキの話

昔　むかし
といっても
日本では
明治時代の
ころのこと
どこかの国の
兄弟ふたりが
小鳥のように
空を
とんでみたいと
大空を
自由に

西へ
南へ
行ってみたいと
デッカイ夢
嘘のような夢
描いていて
とうとう
それで
空とぶ機械を
発明した
けれども
飛行機といっては
お粗末で
紙飛行機よりは
いくらかましで
たまには
まっさかさまに

屋根や
畑に
落ちたりもした

それでも
小鳥と一緒に
空で遊んだり
夕日を追ったり
口笛を吹いたり
雲だって
虹だって
なんでも　みんな
友だちで
夢が乗ったり
願いが乗ったり
憧れなんかも
いっぱい

乗ったりした

何年か過ぎると
欲は
とどまるところを知らず
もっと　速く
もっと　高く
といいだして
プロペラ飛行機
うなりをあげ
空を
切るようにして
とびはじめた

それから
何年かが
また　過ぎると

世界の
あちら
こちらで
戦いがあり
人を乗せる代りに
爆弾を乗せ
地上を
すれすれに
とびながら
鉄砲玉を
とばしたり
夢は夢でも
人殺しの夢
勝利の夢
勲章の夢
ゼロ戦
特攻機

爆撃機ばかりが
はばきかせ
みんな
それで
ずいぶんと懲りた
飛行機は
もはや
だれの友でもなかった
怖い顔つきで
空に向ったり
空から降りてきたりした

プロペラはとれ
なかには翼もとれ
それでいて
音より速く
光のように速い

爆音とどろく
飛行機は
わがもの顔で
空をとぶ

月へも
宇宙へも
とんでいき
ときには
戦争を終らせたり
始めたり
おどかしたり
だましたり
金をもらったり

いまでは
のんびり空を
渡っていくのは
こどもがとばした
紙飛行機ばかり

丹下左膳

強い
丹下左膳は
めっぽう強い
右に
左に
体をかわし
かわしながら
長刀キラリと光らせ
悪人どもを
バッタバッタと

斬り倒す
強いのなんの
まさに
強者そのもの

丹下左膳は
ご存知
片眼
片腕
つまり
身体障害者
障害者であろうと
強いものは
強い
片眼は
はっきり人生見つめ
片腕は
しっかり人生つかみ
だれにも頼らず
泣きごと一つ言わず

ある日
丹下左膳にいった
彼らには
眼が二つあり
腕も二つあり
その彼らはいった
　丹下左膳さん
あなたの不幸を
救ってあげましょう
あなたはかわいそう
眼がない
腕がない
人生の半分まっくら闇

人生の半分地獄
かわいそう
かわいそう
丹下左膳さん
あなたはなんて…

それからというもの
あんなに強い
丹下左膳も
いまでは弱者といわれ
春闘に顔を出し
役所に顔を出し
新聞
テレビ
あらゆる場所に
弱者で顔を出し
てれくさいのなんの

拙者は弱者なんぞではござらん
片方の眼と
片方の腕を
失っているだけ
といっても聞いてもらえず
わしも　やっぱり
弱者かな
と　ふと思う

丹下左膳よ
おまえは強い
いつだって強い
だから　みんな
おまえを　愛した

サーカス

お気をつけて
いってらっしゃあーい
たくさんの
たくさんの人にいわれて
では　行ってくるよ
と二人でいって
飛びたったのだ　海のあっち

その名も親善
近くて遠い国
遠くて近い国
近くてやっぱり近い国
遠くてやっぱり遠い国

そんな不思議な国めざして
親善号　生まれて初めて
飛びたったのだ

昔　その国とこの国では
戦争をして
仕掛けたのはこの国で
仕返したのはその国で
一発ピカッ　少したってもう一発
ちっちゃいこの国
あわてて　まいった　降参
それで　誰が仕掛けたのか　この戦争
もう二度と仕掛けないことを約束して
めでたく　一件落着

あれは　悪夢
何しろ戦争なんで

戦争だから仕方なく戦争なんで
仕方なく不幸よりほかに仕方なく

その国では
絵のようなきれいな人たちが出迎えた
ようこそ
飛んで火に入る夏の虫
なんて口には出しません　一言も
これが私の国
開拓精神に溢れた国
なんでもかんでも開拓しちゃう
よその国
未開の国
南極だって
月だって
どんどん開拓しちゃう

わたくしは　わたくしの国を代表して
おいしいごちそうよばれます
オー　イエース　イエース
この国のその人は
その国のその人と
トマトジュースで乾杯

便利なもので
この国では
テレビで　それを観ていた
長い拍手を聴いていた
ある者は　ベッドに寝ころがり
なかには
草葉の陰や
仏壇の中
カッと眼をつりあげ
ぐっとこらえて

あれから三十年
この国も
その国も
人は行ったり来たり
そのたび
電波も行ったり来たり
謎も秘密も行ったり来たり
空中ブランコのように
行ったり来たり

地球の穴

サトウ・マサアキ作品、「サブウェイ*」に触発されて

おりるものがいて
かけあがるものがいて
そこでは
風が
吹こうと
吹くまいと
空が
見えようと
見えまいと
行けば
行ったで
何とかなるさ
ニューヨーク地下鉄

誰もが
知っていて
覚えていて
あけっぴろげで
白人でもよく

黒人でもよく
女でもよく
どうでもよく
広告ばかりが
かっこよく
床も
光っていて
土なんかなく
花なんかなく
それでいて
結構　人がいて
楽しんでいて
おもしろいところさ
ニューヨーク地下鉄

太陽は
いらなく

宇宙の
一部といっては
明るすぎ
地球の核には
いくらか
近くて
何でも
建国二〇〇年の
知恵と
努力と
勇気の
真下
深さといっては
いいすぎて
地下数メートルの
新しい世界の
都市の

鉄の
コンクリートの
大統領の
共和国の
非情と愛と
狂気と
尊厳
入り混っていて
世界の思わく
びゅんびゅん
突走っている
それが
ニューヨーク地下鉄

レールは
いつも二本で
どこでも

何でも
結びつけ
そこから
都市が生まれ
都市の暮らしが生まれ
都市の暮らしの悲哀が生まれ
倒れ
崩れ
本当は
地下鉄あっても
なくても
人は生き
速度がなくても
人は生き
資本主義文明
なくても
人は生き

笑っていて
騒いでいて
楽しんでいて
人類気ままに
後々まで
続き
人は生き
地下鉄あっても
なくても
人類続き
不思議なところさ
ニューヨーク地下鉄

ある日
よる
夜中
ニューヨーク地下鉄

一人もいない
明かりは
確かに
ついていて
ゴーという音
きこえ
ふるえていて
時間は
止まっていて
けれど
時計は
動いていて
地球も
静かにまわっていて
地下におりるものはなく
地下からかけあがるものもなく
電車は

コンピュータで
走っているが
乗っている客はなく
ニューヨーク地下鉄
地球の穴に
ずんずん
ずり落ちていく
こわいところさ
ニューヨーク地下鉄

一晩
過ぎれば
また
おりるものがいて
かけあがるものがいて
買物
勤め

遊びにと
あげくの果ては
売春
殺人にと
いかにも
ニューヨークで
いかにも
ニューヨーク地下鉄で
にぎにぎしくて
おおらかで
多くの人が
ご満悦で
それでも
知っている人は
知っていて
誰もが
消えていく

地下鉄知っていて
文明の行方
察していて
耐えて
みつめて
苦しんでいて
それでも
生きていて
生き抜いていて
すごいところさ
ニューヨーク
地下鉄

＊　サトウ・マサアキ（佐藤正明）。ニューヨークを拠点に国際的に活躍している画家。「サブウェイ」シリーズで高い評価を受ける。

人名詩集『あ・い・う…さん』（一九九二年）抄

やすだかさん

やすだかさんが
空を泳ぎ始めた
入道雲を配した夏の空だ

平泳ぎでパンツだけははいて
なんでも奥さんを亡くしてから
空を泳ぐ練習を始めたという噂だ
子どもたちは　一人が九州で
一人は栃木にいて
たまには空を仰ぐが
なんにも知らないままだ

やすだかさんは
小さなプレス工場の社長さんだった
十年目で倒産した
関連の親会社が倒産したからだ
そのころ奥さんが病気になった
心がやさしかったから
よく看病をした
よく花を飾った

やすだかさんの泳ぐ空に
稲妻が走り
黒い雲が風を運んだ
はげしい雨がやすだかさんを叩き
うずを巻いた
やすだかさんは
あっというまに
どこかに持っていかれた

あくる日は快晴となった
鏡のように照り輝いた
青く深い空が横たわっている
小さな点が　はるか彼方に
動いてみえた
その点は
やすだかさんだと
次第にわかってくるのだった

かたばさん

かたばさんがトンボになった
銀やんまというやつだ
痩せたから
トンボにでもなるのかな

とみんなで噂をした
ブタには絶対なれないと思っていた
トンボになったかたばさん
畑の方へ　川原の方へ
気持よくスイスイ飛んでいく
田舎育ちのくせに
長い間　東京は銀座のどまんなかで
商売してたものだから
畑や川原はなつかしいのだろう

ナデシコやコスモスの花にゆられて
夢をみる
「いいひとときだ」
思わず口に出た
「これからはこんな毎日を過ごしたい」
かたばさんの本心である

だが　不幸がいきなり襲った
トンボのかたばさん
クモの巣にひっかかってしまった
もがいたが　命とりになった
クモは　かたばさんの頭から
口の中に入れた

あっけむさん

あっけむさんの散歩は
夕方ときまっている
時間の
暮れ方が　わかるから
大空の
閉じ方が　見えるから

そのような夕方の
町の裏通りを
長年かけてつくった
自慢のロボット
ポコンタ君を連れて
雨の日でも　どんな日でも
散歩するのが
あっけむさんの
たどりついた楽しみ方である

あっけむさんは
ロボット技師だった
ずっと昔は　組立工だった
もっと昔は　夢見る少年だった
定年退職して
散歩だけが
唯一
あっけむさんに残った
日課である

ポコンタ君は
そんな　あっけむさんの
孫のようなものだ
かわいくて仕方がない
今日もあっけむさんは
金属の手を引いて
散歩の中に
生きている　幸せを思った

そうした　ある日のことだった
それは突然に
あっけむさんは
真っ赤な空に吸いこまれ

しばらくしてから
路上に吐き出された

やがて
春がきて
あさがお通りといわれる
細い小さな露地裏を
あっけむさんが
ポコンタ君に連れられ
無言で　歩いている

時間の暮れ方も
大空の閉じ方も
もう　知ることもなく

たんのんさん

たんのんさんの得意芸といえば
電柱登り
ちょっとおだてれば
ごきげんで電柱をよじ登る
そのす早さは見事だ
拍手をもらえば
さらに　上に上にと
よじ登る

たんのんさんはひょっとして
もとは猿ではなかったたか
そういう噂がどこからともなく流れた
そういえば猿顔だ

本人は一向に猿顔を気にしない
もう五十歳だが
近く奥さんだってもらう
奥さんを電柱のてっぺんまで登らせるのだという
てっぺんからの景色を見せたいのだという
あるとき
よその町の工場長が
たんのんさんを尋ねてきた
「煙突のてっぺんにこの旗をくくりつけてくれな
　いか」
緑十字　つまり「安全」の旗である
人のいい　たんのんさんのことだから
すぐに引き受けた
風のない　ある晴れた日
工場長は工員たちを外に集合させ

何やら訓示めいたことを言ったあと
たんのんさんを紹介した
拍手が鳴った

たんのんさんは一礼すると
緑十字の旗をもって
煙突をよじ登った
工員たちは口をあけて見上げていた
たんのんさんは一生懸命である
身体中から汗が吹き出ていた
顔も真っ赤だった
「猿だ」「猿だ」
工員の一人が言ったものだから
どよめきが起った
たんのんさんは
なおも煙突のてっぺんめざしてよじ登った
登っても登っても

なかなかてっぺんが見えてこない
どうしたというのだろう
工員たちも同じ想いだった
そうしてとうとう一時間が経ち二時間が経ち

あれから三日が過ぎた
工員たちは工場で働き
工場長は工員たちを監督し
たんのんさんのことは
すっかり忘れていた
たんのんさんは行方不明のままだったが
いまでも煙突をよじ登っているに違いないと
だれもがそう信じることにした

ののはらさん

ののはらさんが退院した
出迎えの人たちに
盛んに手を振って応えた
「おれは元気だ」

入院の時には自慢のベンツで
退院の時には車イスで
そして今では
車イスがいかにもお似合いのようで
いかにも愛車といった感じで

「ベンツはどうしましょうか」
と奥さんが訊く

「ベンツはもう要らん、いずれ棺桶に乗り換えだ」

お見事
冗談どおり　半年後の春
ののはらさんは棺桶に乗り換えた
けれども
ベンツや車イスのように
好きな場所を好きなだけ
乗っているというわけにもいかず
ののはらさん　六十年の生涯のうちで
わずか三十分だけの乗りごこちだった

ひしめらさん

ひしめらさんが眠っている
木かげの一番いい場所で

夏の夕風を受けて
ひしめらさんが眠っている
その顔は
楽しそうにも　苦しそうにも
見えてくる
トンマだとか
アホだとか
ひしめらさんを　そんなふうに
からかう人は　もういない

犬が寄ってくる
鼻をすり寄せている
はるか遠くでは
電車がオモチャのように
走っている

働き盛りの四十五で

いつも遊んでばかりの
ひしめらさん
かつては東京に出て
ガムシャラに働いていた
油だらけになって
工場の中を駆けめぐっていた
職場の女の子とも恋をした
主任になって給料も上った

「やーめた」
その心境をだれも知らない

村に帰って十五年
釣をして
パチンコをして
そして昼寝をおぼえて
今　こうして　ひしめらさんは
眠っている
苦しそうにも　楽しそうにも
見えていて
どっちが本当なのか
だれにも
今は　わからない

きんたみさん

きんたみさんは
自殺行為が好きだ
きのうも池に飛びこんだ
わずか膝もとの深さの池だ
鼻と腹をすりむいて
看護婦さんに叱られた
半年前は口をテープでふさいで

指で鼻の穴をふさいだ
「死ねると思った」
という
苦しくなってきて指の力が
逃げてしまったとくやしがる

きんたみさんの
自殺行為はなかなかの技術がいる
なにしろ死んでしまわないように
自殺を試みる
もっとも当の本人は
本気で死にたいと思って
自殺を試みているのだ
遺書のようなものも書く
もう十篇はある
「遺書集をだしてやるからな」
と仲間たちがカンパしている

精神を病んだきんたみさんたちの病院は
美しいくぬぎ林の中にある
その林の中の一本の木に
きんたみさんはロープをぶらさげた
ロープといってもゴムのロープだ
夜明けに病室を抜け出して
輪をつくって自分の首を入れた
「一、二、三」
石台を蹴とばして天国を想った
ゴムはゴムらしく伸びて
きんたみさんの足は
土の上にしっかり置かれた
看護婦さんがきんたみさんを見つけて
こつんと頭をたたいた

きんたみさんの試みは

まだまだ日課のように続く

よしみやさん

絵描きのよしみやさんは
まだ四十三歳の若さだ
大家と呼ぶ人もいた
天才と誉める人もいた
むろん「若造」とけなす人もいた
いつも花を描いていた
バラとかボタンとかアサガオだとか
人間を描きたくなった
老いていく母を描きたくなった
ある日よしみやさんは
本気でそう思った
パトロンのデパート美術部のT氏が
あわててやってきて
それは困ると待ったをかけた
花のよしみやさんでないと困る
と鬼の顔をして見せた

首を丸めて　よしみやさん
また花を描きはじめた
いつも同じ花だったので
やがて花は枯れてしまった
枯れてもそのまま描いた
こっそり目を入れ鼻も入れ口も入れ
よしみやさん　その花を
母に似せて描いた
T氏が来てカンバスを覗き
「不思議な花だ」
と嬉しがった

さるはしさん

さるはしさんは
このごろ　すっかり老けた
ひとの老け方にもいろいろあるが
さるはしさんは特別だ
どうしたというのだろう
四十代から
一気に
六十代に老けてしまった

奥さんもいて
お子さんもいて
なのに竹やぶの日陰に入ってしまったように
老けた

老けたから
いつも　うつむいてあるく
うつむいてあるくから
一層老ける

どうした　さるはしさん
何があったというのだ
さるはしさんは
謎そのもののように　老けた
その謎に
何びとも
入りこめない

ゆめもさん

ゆめもさんが行方不明になった

毎度のことだ
村人はもう驚かないが
捜すことだけはする
ひょっとして
捜されるために行方不明になっている
そう思う人も何人かいる

誰が　ゆめもさんを一番先に
捜し出すか
神社の裏
橋の下
空き家の中
ひまなお年寄りたちの楽しみとなった

ゆめもさんの行方不明の放送は
たいてい午後の三時ごろだから
時報の役目にもなっていた

それを合図に畑でお茶を飲む人たちもいた

その夜　遅くに
ゆめもさんは一人で家に帰って来た
お年寄りたちが
ゆめもさんを捜しきれなかったからだ
「ちょっくら鳥になって天国を覗いてきた」
ゆめもさんは　いうのである

「楽しそうでもあり
怖そうでもあり
知らないひとが
おいでおいでをするので
あわてて　天国から引き返してきた」
と何やら得意げになっていうのである

ゆめもさんは　その後　八年生きて

九十二歳で
この世を去った
行く先だけは
相変わらず頑固に黙り通した

むねんさん

むねんさんは
ブランコ乗りが大好きである
好きという以上に
もう日課である
ここ二十年欠かしたことがない
こんな素晴らしい乗物はない
本気にそう思っているのである
乗っても乗っても遠くへ行ってしまわない
揺れても揺れても落ちることもない
燃料もいらない
ハンドルさばきも必要ない
決まりきった動きが
むねんさんには何とも心地よい

むねんさんは
トラックの運ちゃんだった
北海道から九州まで平気で走り回った時期もあった
四十歳を過ぎたころ事故にあった
六か月入院した
退院してからも
好きなトラックの運転手は続けられた
短い距離をゆっくりと

六十歳のとき
妻と一人娘を亡くした

今度は妻の車が交通事故を起こしたのだ
考えるところあり
むねんさんは
会社に退職届けを出し
近くの紙問屋に勤め直した
ブランコ乗りを始めたのは
そのころである

初めのうちは公園のブランコに乗っていた
その心地よさに惹かれて
ついに家の庭にブランコをこしらえた

そうして二十年が過ぎた

むねんさんの最後の希みといえば
ブランコに揺られながら
妻と娘の処に行かれることである

その日のことを
うつらうつら思いながら
むねんさん
今日もブランコに揺れているのである

らくにさん

らくにさんは
ピアノの先生だった
コンクールで一位にもなった
リサイタルも開いた
新聞にも紹介された
それらは　みんな若い時だった

らくにさんは
美人でもあったが

ふしぎと結婚したのは遅かった
ピアノに青春をかけたのも
その理由の一つだったかもしれない
その分　今度は結婚生活の幸せを噛みしめた

五十歳を過ぎたころ
ご主人が病気になった
らくにさんは
部屋を改造して
小さなピアノ教室を開いた
子どもたちが四、五人習いにきた

近所に若い女の子が引越してきた
音楽大卒業だった
彼女も夢であったピアノ教室を開いた
しばらくすると
らくにさんの生徒たちは
みんな彼女の教室にいってしまった

らくにさんは
隣りの町に勤めに出た
一年も経たずに
その会社をやめた
追い打ちをかけるみたいに
ご主人が亡くなった

それから十年が流れた
らくにさんは
久しぶりにピアノに向い
鍵盤を叩いた
なつかしさに
胸がいっぱいになった

それから数年が

また流れた
らくにさんは
もう年寄りだった
自治会のゲートボールの大会に
試合のたびにかり出され
日が暮れるまで張り切るのだった

まさいちさん

まさいちさんが
最初に飼ったのは
兎だった
次に
鳩だった
それから
猫だった
犬だった

小動物の遍歴をしながら
まさいちさんは
大人になった
見合いをして
結婚した
女と一緒に暮してみて
女房というものは
兎のようにも
犬のようにも
飼えないことを知った
子どもは飼えるような気がした
そこで女房に子どもを生ませた
どうにか子どもは飼えた
もっと飼いたくなったので

また生ませた
子どもが四人になったので
餌代がかかった
そこで鶏を飼った
卵が安くなったので
牛を飼った
牛乳が安くなったので
豚を飼った

まさいちさんは
相変わらず家畜遍歴を繰り返した
繰り返しているうちに
子どもたちは
それぞれ成長し
そして親もとから離れていった

まさいちさんの人生は
またたくまに過ぎていく

まさいちさんが
いま飼っているのは
年とった
まさいちさん自身だ
わがままで
すなおで
痩せ細った
まさいちさん自身だ
病院のベッドに寝ていると
そのことが
まさいちさんには
わかりすぎるのだ

えんばらさん

えんばらさんが酒場を開いた
酒場といっても四、五人が入れば
もう満席という　それは
ちっぽけな酒場である

えんばらさんには
酒友達が大勢いるから
彼らが今日一人　明日二人というように
ちょっくら店に立ち寄って
ちょこっと一杯あおってくれさえすれば
それでいいのである

えんばらさんは
若いころ郵便局につとめていた
中年になって印章屋に転職した
どうした心境か
酒場を持ちたいと思ったのはそのころだった
五十歳を過ぎたので決心した
むろん借金もしたが
奥さんも貯金をはたいた
客は期待どおり昔ながらの酒友達で
そのたんびに一杯すすめられ
酒場の主人であるというのに
酔っぱらったり　くだをまいたり
ときには客と喧嘩もしたりした
器用に板前もこなしていたが
投げ出すこともしばしばだった

開店から半年ほどして
医者に酒を止められた

持病の糖尿病が悪化したのだ
それでもつい　すすめられると
一杯あおってしまう
隠れては酒を飲む

さて　えんばらさん
開店一周年の日に
「ハイこれにて閉店」
などという奇妙な離れ業をやってのけ
その一か月後には
墓石の上に置かれた杯で
酒友達や奥さんの酒
はにかみながら受けているのである

なみとさん

なみとさんは
ある日
魚になった
長いあいだの念願だった
人生六十年目にして
果たした夢であった

透き通る水の中で
なみとさんは存分に泳いだ
川の上流　下流にもいった
河口から沖にもでた
魚になってみると
仲間が大勢いることがわかった

世界が余りにも広いこともわかった
自由の日々が続いた
しかし
疲れるのだった
魚になることが夢だったので
魚になってしまうと
夢はなくなった
夢のない生活は
疲れるのだった

なみとさんは
川の上流で泳いでいた
もう下流で泳ぐ気にはなれなかった

にいなさん

にいなさんが
熊になったまま
山をおりる
村に入る

月夜の晩だ
静寂が波打っている
屋根を
のしのし歩く

村は
まだ深い眠りに落ちている

天井裏に忍び込む
三人が寄りそって寝ている
なつかしい

もう時間である
想いを垂れて
山に戻る

にいなさんには
三人の元に帰れない理由がある
ささいな理由だが
解くわけにはいかない

山に籠る
冬に耐える
熊がいる

噂が村に伝わって
猟師たちが銃をかついで
山に入る

二日目に熊を見つけた
狙いを定めて
四方八方から打ちこんだ

銃声がこだまする
にいなさんは　どっと倒れた

村人は喜び
大人も子どもも広場に出て
猟師たちを慰労した
それから
二か月も過ぎると
もう熊のことなど

みんな忘れてしまっていた

別れた奥さんは再婚し
二人の娘さんは
それぞれ嫁いだ

すみまさん

すみまさんが
小説に書かれそうになった
彼の人生が
なんとも　とぼけていたからだ

女房は五度変えた
入院は七回やった
内臓と　目と　頭と　心と　足と
病気やら
ケガやら
悩みすぎやら
いろいろだった

住みかも九州と北海道と
瀬戸内海の島と
そして　昔
中国へも渡った
満州といわれていたころだ
どこかの地方小都市での数年は
読書三昧の暮らしだった
刑務所にいたのだから
時間はたっぷりあったのだろう
無銭飲食は十回の記録を持つ

すみまさんは

いまでは女房と二人で
山中の掘立て小屋に住んでいる
書かれそうになった小説のあらすじに
想いをめぐらせては
酒をちょびっとやる
女房をちょびっと抱く
困ったことに
書かれそうになった小説のあらすじから
自分が時々現れては
大騒ぎする
すみまさんは　そのたんびに
その男を　こつんとやる

てんとみさん

てんとみさんが
海を眺めている
海というより水平線を
水平線というより
もっと遥かな彼方を

彼方には
てんとみさんの青春がある
黄土のにおい
弾薬のにおい
血のにおい
それが
青春の

あれから五十年近くが流れる
てんとみさんは
まじめに働き続けて
先ごろ　食品会社を退職した

「大過なく」
この一言の重みを噛みしめ
「シアワセ」ということばをも
ちょっと浮かべたりして
てんとみさんは
ひまができてから
よく海の見える丘にのぼる
彼方を眺めていると
忘れようとしていても
どうしても
よみがえってくるものがある
痛みとか
悔恨とか
懺悔とか

そのとき
てんとみさんは
群れの一人だった
順番がきて裸になった
異国の少女の肌は
まだ幼い土いろだった

この国の代表が
その国を訪れる
その国では
女性たちが街で
気勢をあげている
この国では
急に新聞紙上に
ひとつの文字が目立つようになった

てんとみさんは
今日も丘に立つ

水平線の彼方を眺める

わかちさん

わかちさんは
山また山の
ちょっとした沢の開けたところに
生まれた

平家の落人が住みついた
といわれているその村で
わかちさんは
一歩も外へは出ずに
一生を過ごした

むろんお嫁にもいったが
五百メートル先の
同じ村の青年のところだった

わかちさんには
娘が一人いたが
山を下った温泉町に嫁いで
すぐに亡くなった
わかちさんは
開墾した畑だけを頼りにした
養蚕だけではおぼつかなかったが
それでも何とか暮らせた

不思議なことに
後家さんになってからは
もっと何とか暮らせた
何とか暮らせたから
平和に歳月が流れた

山と山とに囲まれた丸い空
ぽっかり浮かぶ真っ白な雲

わかちさんは
一歩も外へは出ずに
村で一生を過ごした

童謡集『虫らしく花らしく』（一九九六年）抄

枯葉と小枝

枯葉が小枝と話してる
とうとう　お別れ
今日の日に

枯葉は小枝に手をふって
涙をためては
さようなら

枯葉と小枝は遠くから
声も小さく
さようなら

枯葉はいつしか消えていきました
小枝は今日から
ひとりぼち
春がくるまで　ひとりぼち

枯葉のダンス

枯葉がダンスをはじめたよ
おててはないけど
輪になって
くるくるまわって
おどってる

枯葉のダンスはいそがしい
くるくるまわって
あちらのほうへ
くるくるまわって
こちらのほうへ

ワルツかな
ルンバかな
タンゴかな
それとも
ジルバかな

枯葉がいちまいとびだして
白鳥の湖をおどりだす
拍手はひとつもないけれど
きもちよさそにおどってる
秋から冬のひとときに

落ち葉ショー

みなさん　秋ですよ
どうぞ　林のなかへ
お入りください
落ち葉のショーが
はじまりますよ

さあ見あげてください
高い木の
いっぱいつけた小枝から
落ち葉が
いちまい
にまい
さんまい
しまい
ヒラリ　クルリ
空気のすべり台にのって
おりてくる

落ち葉のショーは
夜になっても
観客みんなが帰っても
月のあかりに照らされて
裸木になるまで
しています

ピントラパンポン　あひるさん

ピントラパンポン
すってんぽん

ピントラパンポン
すってんぽん

あひるの一家が
町をゆく

ピントラパンポン
すってんぽん

車をよけよけ
町をゆく

行っても行っても
町がある
行っても行っても
道がある

ピントラパンポン
すってんぽん
ピントラパンポン
すってんぽん

あひるの一家は
立ちどまる

こんなにはるかに
きてみたが
あひるの国は
ないみたい

ピントラパンポン
すってんぽん

あひるの一家は

引き返す
夕日を背にして
引き返す

ピントラパンポン
すってんぽん
やっぱりお池が
なつかしい

ピントラパンポン
すってんぽん
ピントラパンポン
すってんぽん

さるの歌

夏がさる
秋がさる
冬がくる

山のさる
山をさる
村にくる

腹がへる
腹がなる
えさあさる

魚たべ

欲かき
骨ささる

くさる肉
口にして
何なさる

「ふてくさる」
人の服かり
おしゃれして
着かざると

美男に
まさるとも
劣らない

さんざん

あそびほうけた
おさるさん

冬がさる
春がきて
村をさる

さんびきの
こざるをつれて
さってござる

かえるの歌

かえるの歌をうたいましょう

ガオ　ガオ　**かえる**が　なきだした

じゅくから　**かえる**　おとこの子
かえるをとっつかまえると　いいだして
じゃぼんと　おがわに　あしいれた
ところが　ぼうっくいに　つっ**かえる**
おそらが　ぐるりとまわって　おとこの子
ででん　ぼしゃんと　ひっくり**かえる**
おズボン　そっくり　ぬらしちゃう
だいじな　ノートを　か**かえる**と
いちもくさんに　おうちに　**かえる**
かあさん　おとこの子を　む**かえる**と
「どうしたの」と　目をパチクリ　パチクリ

「かわにおちたおんなの子　たすけてあげたんだ
い」
ホントとウソを　すり**かえる**
「まあまあそれは　よいことしたんだね」
かあさん　おとこの子を　ほめました

なんだか　うれしくなっちゃって
せすじをのばして　そり**かえる**
それから　あたらしいおズボン　はき**かえる**
かえる　**かえる**　**かえる**　**かえる**
たくさんあるね　**かえる**の歌
みんなで　**かえる**の歌をうたいましょう

桃の里

春がくると
桃のつぼみが　ふくらんで
一日すぎると　花ひらく
ピンクのおふとん　ならべたよう
御坂のまつりは　桃まつり

お町のひとも　やってくる
ヨイヨイ気分の　ひともいる
花びら　かおにふれてくる

農家のおじさん　ほおかむり
お花の下を　キョロキョロと
ことしも　しゅうかくたのみます
桃の小枝と　あくしゅする

桃のまつりは　すぎたけど
桃の木たちは　いそがしい
花をちらして　実をつける
大きな大きな　夢そだち

盆地のうた

みんな　来てみ　見てみ
ここから　見てみ
昔　むかし　その昔
盆地は
おおきな　大きな
クレーター

みんな　来てみ　見てみ
ここから　見てみ
昔　むかし　その昔
盆地は
おおきな　大きな
すりばちの底

みんな　来てみ　見てみ
ここから　見てみ
昔　むかし　その昔
盆地は
おおきな　大きな
尻のあと

みんな　来てみ　見てみ
ここから　見てみ
昔　むかし　その昔
盆地は
おおきな　大きな
落とし穴

みんな　来てみ　見てみ
ここから　見てみ

昔　むかし　その昔
盆地は
おおきな　大きな
コロシアム

みんな　来てみ　見てみ
ここから　見てみ
昔　むかし　その昔
盆地は
おおきな　大きな
何んだったのでしょう

草

草のあかちゃん
芽をだした

春のひざしを
あびながら

くびだし
てをだし
おなかだし
スクスクそだつ草の子は

なかまもたくさん　ふえてきた
庭も畑も草いっぱい
草の青年たくましく
草の娘もはつらつと

ある日
くすりの雨がふってきた
苦しい　くるしい
生きていけない

草はみいんな
死にました
庭も畑も一面に
草のお墓となりました

虫らしく

虫が
虫らしく
生きている

小鳥が
小鳥らしく

花が

花らしく
魚が
木が

そうして
人は
人らしく

生きている人も
いたり
いなかったり

人らしく
生きていない人により
虫は　小鳥は　花は　魚は　木は
それらしく
生きていけなかったりして

石ころ

石ころ　じっと　みていると
なんだか　うれしく　かなしく　なっちゃった
どうして　にわに　あるんだろう
いくおくねんの　ときをへて
ちきゅうの　たんじょうと　おなじひに
うちゅうの　かなたから　やってきた
ちきゅうの　からだの　いちぶぶん

石ころ　じっと　みていると
なんだか　うれしく　かなしく　なっちゃった
どうして　こんな　かたちに　なったのか
いくまんねんの　ときをへて
それらしく

こうして　ここに　ころがって
じっと　たえて　いるんだね
じっと　だまって　いるんだね

石ころ　じっと　みていると
なんだか　うれしく　かなしく　なっちゃった
まだまだ　ちいさく　なるんだね
いくせんねんの　ときがたち
そのとき　石ころ　なくなるんだね
でも　うちゅうの　こどもだったこと
だれもが　わすれず　おぼえてる

初めて雪がふった日は

地球に　初めて雪がふった日は
大地も　山も
みいんな　びっくりして
宇宙の遠くを　仰いでいた
ばかりでなく
雪のきびしさを　たえるのだった

地球に　初めて雪がふった日は
植物も　動物も
みいんな　びっくりして
深あい天を　仰いでいた
ばかりでなく
雪の不思議さを　思うのだった

地球に　初めて雪がふった日は
北の人々も　西の人々も
みいんな　びっくりして
まっしろい空を　仰いでいた
ばかりでなく

雪の美しさを　知るのだった

町の広場の雪だるま

町の広場に
雪だるまが　でんとすわって
通りかかった女の子が
ウインクしたものだから
雪だるまは
ちょっとだけ　顔がゆるんだ

昼下がり
こいぬが　のこのこ　あらわれて
オシッコかけたものだから
雪だるまは
ちょっとだけ　顔がゆがんだ

一日中よいお天気だったものだから
ポカポカ陽気になったものだから
困るこまるといったがもうおそい
雪だるまは
目を落とし　鼻を落とし
口も落として　のっぺらぼう

のっぺらぼうの雪だるま
町の広場で
ひとりぼち
じっとがまんをしてたなら
あら消えちゃった
消えちゃった

町の広場に
雪だるま　あったとさ

あったとさ

ほんものとオモチャ

ほんものの戦車と
オモチャの戦車とどうちがう

ほんものの戦車は
オモチャの戦車よりおおきくて
おうちのなかは　走らない
道とか村とか町とか
それから
銃から火をふき　弾丸とびだし
人をころして　建物　はかいして
怖いこわい　ほんものの戦車

それにひきかえ
オモチャの戦車は
ほんものそっくりの顔していても
体をしていても
走り方をしていても
小鳥のピーコのように
ぼうやといっしょに　あそんでる
ぼうやの　おててのうえで
くるくるまわって　あそんでる

ほんものの戦車と
オモチャの戦車がはなしてる
「戦争があれば出番だがねえ」
「出番がないことが良いことなんだよ」
「戦争がないうちはオモチャみたいなもんさ」
「じゃあ　ぼくたち　いまはオモチャの兄弟なんだ」

「デカチビの兄弟さ」
「何億円と何千円の違いの兄弟さ」
ほんものの戦車と
オモチャの戦車とどうちがう

未刊詩篇

けむり

夏とも秋ともいえない空
いつものように静かで
深い空

けむりが
ひとすじ
それだけのこと

うでをくみながら
ただそれだけのこと
だまって見あげている

えんとつの下では
近しかったひとが
ぼうぼうと燃えている

よく燃えてこそ
まっしろい骨になり
いい灰になる

けむりは
空にとけこみ
空そのものになっていく

夏とも秋ともいえない
静かで深くて
めったにないひととき

こくべつ

僧侶の朗々とした読経が
はじまると
喪服の人たちは
いっせいに
手を合わせ
目をとじた
読経がおわると
また目をあけた
黒枠の写真の人が
しっかりとこちらを見ていた
まばたきもせず
うつむきもせず
ためらいもせず

ひたすらこちらを見ていた
「そんなに見られては」
喪服の人たちは
そっと目をそらした
会葬者が次々にやってきて
焼香し
そして
そそくさとうしろへ下がった
やがてこくべつの式がおわる
いちばん沈着冷静だったのは
写真の人だった

こたつ

その人がいなくなって
その人がすわっていたところにすわった

自分も主のひとりだが
こたつの主は
むろんそのひとだった

交代劇というほどのものではなかった
そのひとのおしりのあとに
自分のおしりをはめたような
もぞもぞした感じではあった

なれてくると
おしりがぽかぽかしてくるのだった
ためらわず　しっかりと
こたつの柱をにぎった

仏壇

仏壇のとびらだけは
いつもあいている
そこでは
我が家の先祖が
位牌になってひしめきあっている

位牌には
だれだったかすぐにはわからないような
たいそう立派な長い名前がついている
生前親しんだ
いい名前があるというのに

ちかごろ仏壇に入っていったのは
父
そのつれあいが
毎朝　手を合わせている
仏壇に　なのか
位牌に　なのか
写真に　なのか
仏さんに　なのか
それとも
霊に　なのか

どれもこれもちがっていた
手を合わせているのは
自分に　だった
生きている自分に　だった

「今日無事に」
「ぽっくり死ねるように」

生きたいのか
死にたいのか
なにはともあれ
祈るしかなかった

日本列島

母が日本列島をみている
むかし父とあの半島を旅したこと
あの入り江から船に乗ったこと
広い丘で花を摘んだこと
あそこに大きな遊園地があって
わたしたちを遊ばせてくれたこと
そういうことは少しも思いだせなくて
母はただなんとなく日本列島をみている
ときどき倦怠のお茶など口につけ
昼まえのおだやかな時間をぽりぽりとたべている
日本列島の上では晴れマークのお日さまが
にぎやかにダンスをはじめている
ところによっては雲や傘マークが寄り添っている
母はそれらをみているふりをして
じつは人生の終焉のこと
告別のさみしさや安堵のこと
あの世で父に会えるうれしさなどを
宙に浮く夢のようにみているのだ
画面よ
いきなり正午のニュースなど流さないで

意思のふるえ

あなたは

仰向けたまま
目をうごかす
わたしがうごくと
また目をうごかす
その目に表情はない
あなたの手が与えられた空間を
わずかにまさぐる
目と手は連携を保っているが
何も得られない
ひとことあなたの耳元で囁きかけるのだが
内耳あたりでわたしの声はつぶれてしまう
表情のない目がまたわたしを見つめる
わたしもその目を見つめる
するとあなたの手がゆっくりと
意思の先をのばし
わたしの手をつかもうとする
意思の先に
わたしの手を差し出す
意思がふるえている
伝わってくる
わたしも返した
九十有余年のふるえに
わたしのふるえを返した

静香

きみはまだ無表情のままだった
すでにきみに向けているあらゆる視線は釘づけとなり
世界はきみの中で動きはじめていた
きみは次第に光になった
光は走り弧を描き透明な境界をさらに広げて自在

となった

未知のエッジが氷上に刻みを入れていく
きみは一本のまぶしい回転軸となり
ブラックホールのように
あらゆる形あるものないものをのみこんでいく
それはくるしみもよろこびも過去の一切をふりきるエネルギーなのだ

きみはきみのここちよい呪縛から一瞬解かれると
まっしろい未来を追った
引きかえしてはまた未来を追った

アラスカのとある小さな町で
ヒマラヤのふもとの観光地で
南極のテントの中で
イラクの宿営地で
レイテ島の救済本部でさえ
きみは近しくひとときの友となった

長く短い美しい時間がきみに近づく
きみの両手が天に向かって伸びていく
きみはたしかにとらえたのだ
きみ自身の最高のものを
それからあとはきみの微笑だけがスローモーションのようにこぼれる
拍手が惜しみなくトリノの空へ鳴りひびく
このとき地球は一年で一番熱くなっていた

メダル

その国の夜空に
五輪の炎が消えていく

人々は　称えた　メダルの数を
国は誇った　メダルの数を

金　銀　銅
米国　百十個
中国　百個
日本　二十五個

それでも　私の
耳にとどいてくるのは
遠い小さな国のおおきな歓声
目にうかんでくるのは
見知らぬ国の見知らぬ人々のよろこびの顔

モルドバ　一個　銅
モーリシャス　一個　銅
トーゴ　一個　銅

＊　メダルの数は二〇〇八年北京オリンピック時

遁天の刑

荘子に「遁天の刑」ということばがある
自然に背いた者には
自然が怒って刑罰をあたえるというのだ
むろんわれら人間に対してである

今年も自然が怒った
風を吹かせ大雨を降らせ
山が崩れ川が氾濫し
家や人や車が土砂に埋もれ
畑が濁流に流された

被害に遭った人たち
亡くなった人たち
彼らはほんとうに自然に背いたのか

純朴さが取り得だった
実直だった
自然には従順だった
自然を畏れ神として崇めた
自然に背いた者はほかにいるのだ

かつて命を散らされた者たちも
自然が怒るように怒りたい
焦土の下で　海の底で　大陸の土の中で
いまアフガンで　イラクで　パレスチナで
冷たく骨の欠片となって
眠っている者たち
彼らも怒りたいのだ

自然に背いた者たち
尊厳に背いた者たち
その者たちにこそ
遁天の刑あれ
天罰あれ

蟻のゆくえ

石を持ちあげると
蟻の巣だった
蟻はあわてふためいて
いっせいに四散しはじめる
小さな口で卵をくわえ
けんめいに巣から　卵を運び出す

ふりかえり　まわりを見ては
仲間を案じ
ともかくも逃げていくのだ
石はもとに戻してあげたが
蟻たちは再びもどってくるだろうか
もどれるだろうか

草取りを終え
わたしは家にかえる
それからシャワーをあび
かるくビールをのむ

蟻たちは卵をくわえたまま
もとの巣にもどれただろうか
無事にあたらしい居場所をみつけただろうか
いまも畑をさまよっているのだろうか　蟻よ

翌朝　畑に行き
石をそっと持ち上げてみたが
蟻はいなかった
どんな思いで居場所を捨てたのか
新しい地は見つかったのか
蟻よ

蟻と登山靴

山でにぎりめしを食べていた　ふと足元を見ると
蟻が一匹食べ残しをくわえて行くところだった
行く先には岩が立ちふさがっていた　蟻にとって
はずいぶん大きな岩だったがなんとかよじ上り
斜面を横切り　土の面に下りていく　また岩があ
り　これもなんとかよじ上り　斜面を下りていく

蟻はくわえたエサをけして離さない落とさない
岩は当たりまえのように蟻に立ちふさがり　しか
し蟻はどんな岩でもよじ上り　岩また岩をこえて
いく　最後の岩を下りきると岩の隙間にもぐった
その辺りが蟻の巣だった　心配するまでもなく
蟻には帰る巣がどこにあるのか分っていたのだ

蟻はありつけたエサをついに巣まで運びきった
蟻にとっては長い道のりだったにちがいない　私
は蟻に感心し　心の中で拍手までしたのだが　不
意に思うのだった　巣に入るその直前に登山靴で
「えいっ」とばかりに蟻を踏みつけたなら蟻の努
力は何だったのか　蟻の生なる意味はどうなって
しまうのかと　それでも蟻は蟻の一生を生きたと
いわれるだろう

あの日　交通事故で即死したAさんのことを思っ
た　崖崩れで生き埋めになったSさんのことを思
った　巨大な津波にさらわれ海に引きずり込まれ
て逝ったCさんのことを思った　異国の戦場地の
取材現場で銃弾に倒れたYさんのことを思った
人を突如襲う登山靴もあるのだ

いつかは私を襲うかもしれない登山靴「やあ」
とばかりに谷へ投げ捨てた　登山靴は谷に転がっ
ていきやがて見えなくなった　だが私は再び登山
靴を履くだろう

蟻は運びこんだエサを家族に分けあたえ　今夜は
ぐっすり眠りにつくだろう　明日もまたエサを求
めてやってくるだろう　けれど約束されない明日
は青空の雲に隠れて気まぐれである

願わくば

詩人の天野忠さんは
「あーあ」[*1]
という詩を書いた
最後に
「あーあ」というて人は死ぬ
というのだ

天野さんが旅立ったとき
ほんとうに
「あーあ」といっただろうか
母もあの日小さな声で
「あーあ」といっただろうか

いったとか　いわなかったとか
そういうことはどうでもよく

「あ」
「あっ」
と一瞬にして
あの世に逝ってしまう人もいる
事故で　事件で　災害で
ひとときの感慨を持つ間さえなく
逝ってしまった人
消えてしまった人たち

「あーあ」といって
その生涯に幕を引ける人はいい
「あーあ」といって
この世に少しの笑みと未練を残し
スローモーションのように

あっちのほうへ　逝けるひとはいい
「あ」
「あっ」
ことし[*2]はあまりに多かった

＊1　天野忠詩集『動物園の珍しい動物』に所収
＊2　二〇一一年（三月十一日）

鴉

雪　降りしきる中
鴉が一羽
電柱の一番高いところで鳴いていた
それは悲痛の声のようでもあった
右を見　左を見
時々位置をかえ
探しているようであった
呼んでいるようであった

雪を振りはらい　振りはらい
そこから飛び立つこともなく

鴉は鳴き
雪は降りつづけた

群から離れてしまったのか
親を呼んでいるのか
子を
連れ合いを
仲間を
呼んでいるのか
ここにいるぞと知らせているのか

沈黙の雪は
鳴き声を吸いこみ
途切れ途切れにさせ
鴉を途方に暮れさせた

鴉はかぼそく間隔をおいて鳴くのだった
しかし　やがて
きっぱりと鳴きやむと
ついに飛び立ったのだ

――生きるということは
　希望と諦念のせめぎ合いである

雪はいよいよ激しく
時間は凍ったまま　動こうとしない

景色

とある春の日の午後
男は電車に乗った
進行方向に向かって座ろうか
それとも…
席はどちらも空いていた
男は一瞬迷った
深く考えることではないので
進行方向に向かって座った

久しぶりだった
電車もいいものだと思った
街が次第にスピードを上げて後ろへ去った
一戸建ての家々が見えてきて

すぐに後ろへ去った
見えて来るものはみんな去るのだと
男は思うのだった

遠くの山並みは緑に映えて
しかし　時に霞むのだった
家々がまばらになり畑も見えてきた
それらもやがて後ろへ去った
見えてくるものは必ず去るのだと
また思うのだった

男は見えてくるものだけを眺めていた
そうして　ふと
去った景色が気になった

ためらいもあったが
男は向きを変えて座り直した

景色はなつかしい絵のように
唱歌のように
窓の向うに流れていた
広がっていた
それからは
彼方の地平に吸いこまれていくのだった

どんな景色が後ろからくるのか
男にはわからない
運命が湧き出すように
突然現れてくるのだから

向きさえ変えて座り直せば
景色はいくらでもどうにでもなる
男はそう思っている

見えてくるもの

去っていくもの

男は目を閉じた
短い時間だったか
長い時間だったか
その間に夕陽は沈み
黄昏がおりていた

電車はたくさんの明かりを点けて
ごうごうと夜を走った
窓にはもう何一つ景色はなく
それでも窓を見つめると
男の自画像だけが映っていた

朝がきていた
窓の向こうに
光が流れていた

リサイクルショップ

小春日和の午後
カミさんと寄ってみた
初めてのリサイクルショップ
明るい照明の下
幼児からお年寄りたちまでもが
ハンガーにびっしり吊されていた
きゅうくつそうにひしめきあっていた
それでも笑顔を見せて手招いている
お日当てというほどでもないが
同世代の男たちのほうに近寄ってみる

その男がこれまでどこで生きていたのか
何をして暮らしていたのか

奥さんや子どもは　いるのかいないのか
どのような理由でリサイクル商品になったのか
知るよしもない
無価値に近いような値段をつけられ
それでもなお人様のためにお役に立とうとする
その姿がイカニモいじらしい

――この男をください

男のうれしそうな表情に
こちらも思わず涙が出そうになる
お互い高級有名デパートやブランドには
青年のころからエンもなかった
そのためか初対面でも気の合う男同士
残りの人生　つましくも
気軽にのんびり生きていこうや

カウンターではカミさんが店員と話している
――ウチの主人　三百円ですか
未練があるのも知らず
こんなにも価値を落とされて
売られてしまうとは
それよりも何よりも
入れ代って今度は
先ほど買った男が
カミさんと一緒に暮らすなんて
いくら再利用といえども
許しがたきに候

今日で十日め
リサイクルショップでの集団生活は
このまま長く続くのであろうか
人生　ここでカンケツしてしまうのか
クサッテモタイなどと毛頭いえるほどにないが

もうしばらくは　世間様のお役に立たねば

ペットショップ

いかつい男が女と
ペットショップにやってきた
「うちにどうだい」
パスパス　パス
顔に似合わず抱かれすぎるのはごめんだ

ファミリーが近づいてきた
リボンの子がこっちを指さして
「これ　買って」
とダダをこねている
パスパス　パス
人形になるのは趣味じゃない

携帯カメラが走ってくる
女の子たちの声
「かわいい」
感嘆セリフはこれ一つ
パスパス　パス
毎日それだけ言われては飽き飽き

オモチャのピストルが
こっちに銃口を向けて
「こいつ　飼おうよ」
と脅迫する
パスパス　パス
ときどき標的になるのはまっぴらだ

医者の先生がヌーと現れ
腕をまくり

「健康そうだな　悪くないな」
とひと言
パスパス　パス
老後　注射ばかりされるのはおそろしい

ニット会社の女社長がやってきた
よく肥えている
「毛並みも毛色もいいわ」
パスパス　パス
あれやこれやと着せられるのはたくさんだ

政治家が愛人を連れてやってきた
高級時計と高級バッグがからみあっている
「三匹までは買ってあげるよ」
と国家予算を使い込みするように言う
パスパス　パス
昼は「この国を」　夜は「アイシテルヨ」

なんて耳にするのはたえられない

どこかにいないものか
猫なみでなく
犬なみでなく
兎なみでなく
ただ命あるものの
愛しさだけで
一緒に暮らしていける
そんな主はいないものか

ペットショップは
今日も大繁盛
うごく生きものならば
なんでもペットだ　ペットだ
米一粒　パン一切れ
口に入れられない命もあるというのに

百円ショップ

百円ショップに入ってみた
何でも百円
文房具も
園芸用具も
台所用品
茶菓子
飲み物
どこを向いても
百円
ひゃくえん
ヒャクエン
おお一〇〇円天国

ポリバケツを買って
かなづちを買って
買って
買って
買って
買いまくって
しめて
千五十円

百円顔の女店員にお金を支払い
トイレを借りて
用事を済ませ
鏡を覗くと
自分の顔にも
百円の値札が貼ってある
ハハハ　納得

店を出ると
駐車場には百円の車がざっと二十台
百円の亭主が
百円の小犬を
抱っこしながら
百円の奥さんに
お～いお茶　ではなく
お～い　早くしろ
なんていっている

車に乗ろうとすると
百円の准教授とばったり
百円のお嬢さんをお二人連れていて
百円のカナダ旅行をしてきたのだという
「それはよかったですね」と
相槌を打って
家に帰ってきた

表札には
百円の家とある
ハハハ　当然

百円の家内が料理をつくっている
食代　調味　すべて百円である
食べながら
百円のテレビをつけると
ニュースが流れていて
来年度の国債は百円で抑えるという
百円の軍事費
百円の文化振興費
百円の公共事業費
福祉予算も百円に留めるという

お金持ちだった荒木さんが
百円貸してと来られた

貧乏人だった佐茂さんが
わざわざ百円を見せびらかしにやって来た
炬燵で二人は百円を見せ合い
カネ持ちもビンボウ人も
へったくれもねえや
もう　そういう世の中にはならんとね
二人は握手して抱き合う
ハハハ　めでたし

何でもかんでも百円ショップ
何処もかしこも百円ショップ

財務省造幣局も
百円ショップの繁栄ぶりに目をつけ
国民の意向を尊重して
これからは
百円以外のお金は造らないと決めるようだ

投資マニアのフンちゃんが
株が下がって百円損したといい
堅実で知られるトンちゃんが
十年間ひたすら貯めて
やっと百円になったといい
モンちゃんは宝くじが一等で百円当たったと
つい口をすべらす

世の中には今のところ富裕層がいて
貧困層もいて
一方は百円時代突入を悲しみ
一方は喜ぶ
先進国は後ずさりして
後進国は前に進む
国の差　民族の差はなくなり
みなタイラカなり

ハハハ　そうでなければ

今日も百円ショップに行った
尊敬するヤンさんも来ていて
まさかの有名高所得者もいて
テレビでよく見る売れっ子のタレントもいて
あの街の市長さんも奥さんと来ていた
議員も四、五人ぞろぞろと
店内をうろついていた
いつか賞金王になるだろうゴルファーもいた

誰も彼もが百円ショップ
何処もかしこも百円ショップ
百円革命ですね
せかいを席捲しますね
飢餓の国も恩恵受けるといいですね
年収百円の消費生活評論家が語る

百円ショップ
百円ショップ

――百円ショップを出たあと
どうやら私は車の中で
いつのまにか百円の夢に犯され
ねむりこけてしまったようだ

エッセイ

山、光満ちて

「ふるさとの山に向かひて言ふことなし」

少し年をとったせいか、最近、啄木のこのうたが妙に近しく思えてきた。

実際、心落ち着かせ、朝に夕に盆地のぐるりの山々を眺めていると、目の皮膚、心の皮膚が山々の襞に吸いこまれていくような心地よい感覚になる。

早熟な天才、石川啄木だからこそ、二十歳そこそこの若いうちに、冒頭の心境にもなったのであろう。

ふるさと渋民村を去っていった啄木の、故郷に対する気持ちは複雑で、その複雑な心境を背負って再び渋民村に戻ってきた啄木の心を、何よりも誰よりも癒してくれたのが、ふるさとの山々なのであった。

何があっても黙して語らぬふるさとの山。ただ微笑んでそこに在るのみというおおらかさ。見る者眺める側に、人生の悲哀や起伏、動揺があればあるほど、「ふるさとの山はありがたきかな」との想いの念にかられるのも、むべなるかなである。

六十年のこれまでの人生で、私は一度たりとも県外へ出て生活をしたことがなかった。啄木の放浪のような生活とはほど遠く、常にふるさとの中にいて、ふるさとの匂いを空気のように受け入れて生きてきた。そして、そこに山々があるのはごく自然のことであり、ことさらにふるさとの山に対し、畏敬や感謝の気持ちを抱いたということはなかった。

山が嫌いということではない。むしろ好きであった。家から見える多くの山々にも一度は足を踏み入れた。頂きに立って、足元から広がる全視界に歓喜の声をあげたこともあった。山のスケッチもした。西山に沈む夕日、黄金色の雲、茜色の雲、逆光に翳っていく山々、ふり返り、見上げれば、東の山々の頂はまだ明るかった。

「山装う季節」ということばも覚えた。「山笑う」のことばも。便りの書き出しにはこれらのことばを幾たびか使った。それでも、啄木の心境までには至らなかった。

気ぜわしい現役時代では、目では眺めていても心で眺める余裕はなかった。つまり、「ふるさと」という意識は心から離れ、行方不明となって彷徨していたのだ。職場を定年退職をし、初めて、「ふるさと」という意識の上に山を置いて眺められるようになった。

山々が十二単のように、いくつも重なりあって一つの山を形成しているのだということも分ってくるのだった。逆に一つの山に見えていたのは、実はいくつもの山の集合体であることが明らかになってくるのだった。雪化粧したときなどは特にそのことが分るのだった。

よく晴れわたった秋の日、山々へやわらかな陽光が降り注ぐときも、手前の山、中間の山、後方の山といったぐあいに、小さな山、大きな山が、親子兄弟のように寄り添い重なり合って見えるのだ。

山々の様相をこの年齢になって初めて知る、というのもどうかと我ながら思っているのだが、本当はおそらく、もっとずっと以前から、このようなことは感じていたことだろう。深く認識できたのが最近ということなのだ。

山々の、愛しく眩しいほどの存在感。啄木のように人生の心理、心境の屈折など微塵もないのに、しかし、六十歳という節目から眺める私なりに歩んできた人生に、今ようやく「ふるさとの山に向かひて言ふことなし　ふるさとの山はありがたきかな」と口ずさむ心境が訪れてきたのである。

（「文学と歴史」四八号　二〇〇五・五）

暖める

―助け合う私―

冬の朝である。いつものように愛犬のクロと一時間ほど村の畑道を散歩して帰ってくる。手袋をはめていたとはいえ、指先が凍りついたように痛む。手袋をはずして、「ハアー」と手に息をふきかける。むろんその程度では当然満足に暖まらない。手と手を擦り合ったりする。その摩擦熱で手のひらが少しは暖まるが、指先はまだ冷たいままである。

そのうちに、もようしてきたのでトイレに入る。ズボンを下ろす。パンツを下げる。衣類に暖められていた二本の生の脚が露出する。冷たくなっている両手をその脚に押しつける。「ヒエー、冷てぇ」、思わず脚のほうが悲鳴をあげてしまう。しかし両手は脚にくっつけたままにして離さない。「あったかーい」。声こそ出さないが、心のなかではさけんでいる。冷たくなっている私の身体の一部が、もう一つの私の身体の一部で暖められている。同じ身体が同じ身体をいたわってくれているのである。

ふと、二十代によく出かけていた冬山登山のことが蘇ってきた。暮れから正月にかけて私は職場の仲間たちと毎年のように冬山に行っていたのだ。たいてい八ヶ岳が対象だった。重いキスリング(リュックサック)を背負って黙々と雪上を歩いた。指先が次第に冷たくなってくると、防寒用の手袋をはめたまま腹部を指先で突ついたりした。そうすることで指が凍傷にならないように指に刺激を与えるのである。やがて、リーダーの「休憩!」の声が耳に入ると、キスリングを下ろし、「雉を撃ちに行ってきます」といって茂みに入って行く。「雉撃ち」とは山の仲間うちでの隠語で、山中で小便大便に行くことである。

茂みに入ると急いでズボンを下ろし、冷たくなっている両手に思い切り小便を引っかけるのである。お湯のように熱くなっている小便が冷たくなった私の指を手を暖めてくれる、「ああ、なんと尊い小便よ、これでひとまず助かった」と、わが小便に対して感謝の気持ちが湧いてくる。私の身体が私の身体を助けている。身体の機能からいえばごく当たり前のありふれたことが、とてもありがたく神の恵みのように思われてくる。

世の中には、自分の身体で自分の身体を痛めつけている、傷つけている、いわゆる自傷行為（リストカット）をする人もいる。せっかくの健康な身体を、不健全な精神で壊している。逆に健全な精神を不健康な身体で蝕んでしまうひともいる。

幾つになっても「助け合う私」であり続けたいものである。

（「文学と歴史」五七号・二〇〇九・一二）

さようなら、アレコレ

病友ということばがあるかどうか知らないが、福島県いわき市に住む佐々木さんとは、わたしが顎関節円板損傷という病気の手術のため埼玉医大付属病院に入院したとき、病室が同じであったことから親しくなった。すでに二十数年来のお付き合いである。

退院後、彼からいただく手紙の末尾には必ず「さようなら」のことばが添えられていた。最初にいただいたときにはドキリとした。

ふつう「さようなら」とは滅多に書かない。「ではまた」、「それではお元気で」、「ご活躍を祈ります」、「ご自愛ください」、「お身体には十分ご留意ください」などのことばでしめくくられている。むろんわたしも「さようなら」とは書いてはいない。

「さようなら」と佐々木さんの手紙に書かれてあったとき、軽く流せばどうということもないのだが、気にはなった。病気が思わしくなく死期が近づいているのだろうか、次はもう手紙を書くこともないと暗示しているのだろうか、もちろんわたしの考えすぎなのだが、「さようなら」のことばには、一瞬思いをめぐらすほどだった。

昔、ある女性に好意をもたれた。わたしには先客がいた。彼女は傷つき、北海道の旅に出た。最北端、稚内から手紙がとどいた。「稚内に来ています。あなたが好きだというこの街を、ひとりで旅しています。さようなら」。

まさか、自殺でもしかねないのでは。この手紙での「さようなら」にはヒヤッとさせられた。案じている間に彼女は山梨に帰っていた。彼女の心境を慮って、とにかく会うことにした。

約束の喫茶店で待っていると、彼女はやってきた。傷心の顔を想像していたのに、彼女の丸い顔はやつれるどころか笑顔でいちだんと丸くなった。手紙でのあの「さようなら」の深刻さはみじんもなく、饒舌ばかりがわたしを取りまいた。

「さようなら」は、もともと単純なあいさつ用語である。こどもたちは、学校の帰り、遊びのあとなど、あたりまえにいう。「バイバイ」とか、「バーイ」などと気軽に交わす場合もある。大人も時には「さようなら」を使う。しかし、はがきや手紙では、もうほとんど使われなくなったのではないか。Eメールでも同様である。

「さようなら」は、「別れ」のことばである。再会を前提としたしばらくの「別れ」もあれば、永遠の「別れ」もある。さらに死へと赴く「別れ」もある。

中国語の「さようなら」は「サイチェン」であり漢字に置き換えれば「再見」である。

歌謡曲で歌われる「さようなら」は、恋人との別離である。再び会うこともない永遠の「別れ」である。都はるみの「さようなら、さようなら♪好きになった人〜♪」(「好きになった人」)のあの張りあげた声が聴こえてきそうだ。

昔よく聴いたツヤのある三浦洸一の歌、「さよならも言えず泣いている♪、私の踊子よ♪あゝ船が出る♪」（「踊子」）もよく聴いたものだ。

「さようなら」の歌詞がついた歌は数限りない。歌謡曲は「さようなら」が定番といえよう。しかし、「涙そうそう」のあの夏川りみがうたう歌、「右の羽にはさようなら、左側にはありがとう」（「さようならありがとう」）まできれば、「さようなら」であっても、昔の歌のような深刻さはうすれ、感傷もあまり感じられない。

映画「第三の男」での最後のシーン、ジョゼフ・コットンの目の前を、アリダ・ヴァリは目もくれずに通り過ぎていく。セリフこそないが、これほど女の意志強い「さようなら」のシーンは、そうお目にかかれない。いまでもわたしの脳裏に鮮明に残っている。

一方、「シェーン」のラストシーンも忘れられない。少年ジョーイが、「シェーン、カムバック」と、男の背中に懸命によびかける。男は振り向くことなく無言で去っていく。ゆえに名画は「さようなら」のシーンで終わるのがよい。

前述した日本最北端の街稚内の、遠くサハリンが見える丘は、市民の憩いの公園であり、観光客でもにぎわいを見せている。わたしも七たびこの公園に立寄っている。稚内に行けば必ず公園に上がり、眼下の稚内の街、彼方の水平線をながめる。

この公園には「氷雪の門」が建てられてあり、「九人の乙女の碑」がある。そこには「皆さんこれが最後ですさようなら　さようなら」のことばが刻まれている。なんという悲痛な「さようなら」であろうか。

終戦直後の一九四五年（昭和二十）八月二十日、ソ連軍は当時日本領であった樺太に侵攻した。真岡の郵便局の若い女性交換手たちは、郵便局長の説得にもかかわらず局に留まり、緊迫した中で最後まで任務を遂行した。もはやこれまでと、青酸カリをあおいだ。このときの最期のことばが碑に刻まれているのである。

戦争は幾多の「さようなら」を生んだ。赤紙がくれば親子の「別れ」、あるいは夫婦の「別れ」、特攻隊のように二度と戻ることのない「別れ」、戦地での息絶えていく戦友との「別れ」、ソ連参戦による異国での家族との離散。「さようなら」は、声となり、文字となり、また、心の中の沈黙の「さようなら」であったりする。

原爆投下のヒロシマ、ナガサキでは、あまりにも一瞬すぎて、「さようなら」も「別れ」にしても意識する間さえない。「あっ」だけである。つまり即死である。即死者はヒロシマでは七万人、ナガサキでは三万五千人といわれている。

太宰治に晩年の小説、「グッド・バイ」がある。戦争時の「さようなら」はつらすぎるが、この小説での「グッド・バイ」は主人公が女を次々と振ってしまおうという、まさしく男の一方的な「グッド・バイ」である。残念なことに太宰はこの小説を未完のまま、山崎富江と心中。世間に衝撃的なグッドバイをした。

太宰治の弟子に田中英光がいた。「オリンポスの果実」を著し、太宰治の墓前で自殺したことで有名である。彼には「さようなら」という題名の短編小説がある。自殺しただけに興味を引くが、この短編の最後は、次のように書かれている。

「──では、その日まで、さようなら。ぼくはどこかに必ず生きています。どんなに生きるということが、辛く遣切れぬ至難な事業であろうとも──」。

太宰の師であり、妻、美智子に宛てた遺書の中で悪人と名指しされた井伏鱒二は、八世紀晩唐の漢詩人、于《う》武陵《ぶりょう》の詩「勧酒」を意訳したが、その中の一節が大いに受け有名となった。今でも愛唱されたりしている「花に嵐のたとえもあるぞ／さよならだけが人生だ」である。先日も初七日のおり、友人である喪主がこのことばを引用してあいさつをされていた。

余談だが、太宰治、田中英光、井伏鱒二の三人が戦前（昭和十九年ごろか）、甲府駅北口の寂れた路地にあった飲み屋「峠の茶屋」で一杯やっていたという話がある。このとき、店のママに、井伏鱒二は唐紙に自作の詩を揮毫してあげ、田中英光は着ていた白いシャツをあげたという（二〇〇三年十二月三日付け山梨日日新聞。一瀬稔著『忘れ得ぬ人びと』〈甲陽書房〉にもこの辺りのことが書かれてある）。

よほどご機嫌がよかったのだろう。太宰治も青森からリンゴを送らせたにちがいない。

　ほどよく酔っ払った三人は、

「グッド・バイ」

「さようなら」

「さよならだけが人生だ」

など、それぞれの「さようなら」で店を出ていった、とは、わたしの作り話だが、そう想像してみたくもなる。

　ところで、世の中は広い。井伏の名訳にケチをつけた者がいた。寺山修司である。「幸福が遠すぎたら」という詩の中で、彼はいっている。

「さよならだけが人生ならば、また来る春は何だろう／はるかなる地の果てに咲いている野の百合は何だろう／さよならだけが人生ならば、めぐり会う日は何だろう（以下略）」。

　寺山修司は井伏の訳詩をまともに読みすぎた、というより、彼一流の「からかい」なのである。

　じつは、不肖わたしにも「さようなら」という詩がある。披露するのはおこがましく恥ずかしいかぎりだが、記してみる。二十代の作で、「願い」という題名である。後半部分、「さようなら　と／さようならあ　は／帰ってくる楽しさと／逝ってしまう寂しさの／違いである／わたしの身近なひとが／みえない世界に入っていくときは／帰ってくる寂しさと／逝ってしまう楽しさのような言葉で／ちょっぴりうしろを／振り向いてくれるだろうか」（詩集『椅子の眼』一九七三年刊、私家版）。

　ついでながら、数年前の詩にも「さようなら」が登場する作品がある。「いってらっしゃい」という題名の詩で、病院で父が息を引き取ったときを詩にしたものである。三十行の詩の後半部分、「今夜も空に／ほしがいくつか／まばたき／ほほえむ／なんでもないこと／ふつうのこと／ひとりがさようならをし／ひとりがこの世にうまれてくる／さりげない神のしわざ」。

「文藝春秋」創刊八十周年記念、新年特別号に、「遺書80人魂の記録」が特集されている（二〇〇二年一月発行）。遺書であるから、多くは最後「さようなら」で終わっているのだろうと予想した。ところがわずかに五人だけである。意外であった。家族、周辺への感謝、死への決意、人生の感慨などで結ばれているのである。

では、末尾「さようなら」の、三人の遺書から、みてみよう。

田宮二郎、「（前文省略）最后に夫婦の契りを絶つ僕を許して下さい。二人の愛らしい子供をたのみます。なむあみだぶつ、さようなら　幸子へ柴田吾郎（本名）」

火野葦平、「（前文省略）死にます。芥川龍之介とはちがふかも知れないが、或る漠然とした不安のために。すみません。おゆるし下さい。さやうなら」

中野磐雄、（神風特別攻撃隊、三番機）「（前文省略）お父さん、お母さん、私は天皇陛下の子として、お父さんお母さんの子として、立派に死んでいきます。喜んでいってまいります。では、お体を大切にお暮らし下さい。さようなら　父上様へ　母上様へ」

「さようなら」での末尾ではないが、気に入ったので畑山博の遺書も掲げてみたい。「（前文省略）このたび縁あって現し世から引越しいたします　距離はいささか遠くケイタイの電波も届かないのでたびたびのご報告はできなくなりますが　とりあえず　彼の地での住所が決まりましたらお知らせします　六十九歳九月畑山博」

こんな洒落た遺書なら、わたしも書いてみたいものである。

山梨市万力公園の東側を南に流れる笛吹川。ここにJR中央線が走る鉄橋が架かっている。その少し南西方面には「つどい・はばたく」のフレーズのついた「万力文庫」がある。友人でもある佐野秀延さんが、国土交通省を退職したのを機に私財を投じて、二〇〇七年に建てた私設図書館である。時々寄らせてもらっているが、一日中過ごしていたい雰囲気に包まれる。先日久しぶりに寄ってみた。雑談が昂じ、「いま何か書いているけ」という話になった。「さようならにちなんだ、くだらんエッセイを書いている」とこたえると、「それじゃあ、こういう本があるさ」と本棚のどこからかその本をわたしの前に出された。『さようならの事典』（窪田般彌・中村邦生編著、大修館書店）である。

なるほど、こういう事典まで世間には出ていて、しかもそれを佐野さんが所蔵していたとは感心してしまった。帯には「〈さようなら〉にこめられた人生の真実、哀歓、ユーモアを、英米仏文学に探った、薫り高い別れのことば事典」とある。ちなみに一つ二つ紹介してみよう。

「さようならを言うことは、少しのあいだ死ぬことだ」（レイモンド・チャンドラー）。「別離は人を和解させる」（H・ド・モンテルラン）。

「さようなら」、「さようなら」などと口ごもっていたら、ふと昔なつかしい戯れ唄を思いだした。

「さよなら三角またきて四角、四角は豆腐、豆腐は白い、白いは兎、兎ははねる、はねるは蚤、蚤は赤い、赤いはほおずき、ほおずきは鳴る、鳴るは屁、屁は臭い、臭いはうんこ、うんこは黄色い、黄色いはバナナ、バナナはすべる、すべるは親父の禿頭」

なんとも他愛のない、いいかげんでふざけた戯れ唄であろう。子どものころは、しかしこんな戯れ歌で遊び、面白がったものである。「さようなら」は終わりなのに、「さようなら」から始まるところが愉快だ。もっとも考えてみれば、人生は無数の「さようなら」の積み重ねなのだ。戯れ歌の「さようなら」の始まりは、ひょっとして「さようなら」のその後のさまざまな人生をユーモラスに暗示しているのかもしれない。

さて、これからわたしは何回「さようなら」を経験することだろう。明日会う「さようなら」、しばらくの間の「さようなら」、もう会うこともない「さようなら」、逝ってしまうひと（へ）の「さようなら」、などいろいろあるが、年齢からいってもこれからは、知人、友人、親しい人、身近な人との人生永遠の逝ってしまう「さようなら」が、私の前に数多くおとずれてくることだろう。

そして問題なのはわたし自身の「さようなら」である。最期、どんな「さようなら」が待っているだろうか、だれも知らない、むろん、わたしも知らない。できるだけ遠い先を願うのであるが、これだけは意思どおりにいくという保証はない。いまのうちに手紙やハガキを出す際には、末尾に「さようなら」と書いておこうか。驚くだろうな、そんなことはないか。

（「イマジネーション」八号　二〇一一・二）

遠い旅路、近い旅

旅という語感には、おなじ意味の旅行ということばとはちがって独特の趣がある。「人生は旅である」といわれるように、旅ということばは比喩的につかわれることもある。「人生は旅行である」などといってもピーンとこない。むしろ滑稽である。我流でいえば、旅には精神性、心理的なものがともなう場合があり、旅行には総じてそれはない。旅行はたぶんに観光的で陽気で楽しく、旅にももちろんそれらもあるが、加えて自己をみつめたりする機会、自分さがしの旅とするなど、内面的な部分もある。もともとはっきり区別してしまうのは、いささか勇気がいるが、他者にはつうじない、辞書的解説にもない、私なりの独断と偏見で一応、旅と旅行の区別はしているつもりである。

海外旅行を楽しんでいても、旅の心理状態、心境におちいっていることもある。つまり、こころの持ち方によって旅にも旅行にもなるのだ。それゆえ、旅と旅行は紙一重でもある。社員旅行やJAさんが募集する旅行、トラベル会社のツアーなどは紛れもなくその名のとおり旅行そのものと解していいだろう。ところが募集のチラシには、東北の旅、初夏の北海道の旅、京都の旅、沖縄の旅というふうに、旅ということばが当たりまえのように使われている。たとえばバスの一泊ツアーに参加したとしよう。車内では酒をのみ、かん高い声でおしゃべりをし、カラオケをうたい、きみまろのお笑いを聴き、釣りバカ日誌のビデオを見る。ワイワイ騒ぎながら名所旧跡を観る。諸処の展示館を足早に観てすぎる。これが商業ベースの企画する「○×△の旅」の実態である。むろん企画した側に責任があるというものではない。これらは旅とあっても、私からいえば、旅行そのものである。いや、旅の恥は掻き捨てともいわれるように、それこそが旅である、という人も当然いるであろう。

二十代によく旅をした。東北、北陸、山陰、四国、九州、そして毎年のように向かったのは北海道であった。最初は九州と同様、自転車で行った。友人ふたりが一緒だった。ひとりは函館でUターン、ひとりは札幌から列車で帰ってしまった。

友人と一緒のときはまさしく自転車旅行であった。ひとりになってからは、旅となった。旭川、稚内へと、当時はまだ舗装されていない道路をひたすらペダルをこいだ。このときの距離約三百キロを、早朝六時から夜中の二時まで走りに走って、ようやく稚内にたどりついた。この間のほとんどを沈黙が私を支配し、ときおり、「なぜこうまでして俺はペダルをこぐのか」、「生きていくことはどういうことか、なんのためか」と、楽しいはずのサイクリングとは似つかわしくもない自問が私をつついた。一本のながい道が人生の道とかさなってみえた。来た道、行く道、ここでペダルをためらえば自転車はたおれる。たおれまいと必死でペダルをこぐ。その姿が自分のおかれた人生の現在とおもえた。

日本の最北端、宗谷岬に立ったとき、前方は海、さらに進むには右か左か、進むべき道をどちらかに決めねばならなかった。この期におよんで人生もまたおなじだとおもった。いやおうなく選択をせまられる。ばあいによっては、生死をかけてでもどちらかを選ばねばならない。これまでの自分の人生でそこまで追いつめられたなどということはまったくなかったが、人によってはそういうぎりぎりの選択もあるのではないか。一夜明けて、オホーツクの海を左に見ながらの南下は気分晴れやかで、すがすがしいサイクリングとなった。

北海道のひとり旅はその後、自転車はつかわず列車や飛行機であったが、春の季節、夏、秋、冬の季節と続いた。一九七二年（昭和四十七）の冬は札幌冬季オリンピックの閉会式ではあったが観覧できた。

二十八歳のとき、ヨーロッパへ一か月ちかくスケッチ旅行に行き帰ってくると、もう心がうずいた。北へ北へと私をせきたてた。帰国して一か月後の十月には最果ての街、稚内にいた。心いやされる故郷にもどってきた思いだった。こうした心境は私にはけして旅行といえるものではなく、旅であった。

稚内にはこれまで七回行っているが、そのうちの二回は旅行といえるものであった。山梨から婚約者（いまの家内）をつれて、日本最北の神社（北門神社）で、ジーパン姿のまま身内、友人不在のなかで二人だけの簡単な結婚式を挙げた。このときの一回と、むすめたちが小五、中一となったので、式に立ち会ってくれた稚内の本多さんご夫妻に子どもたちの成長を見てもらったり、式を挙げた神社や稚内の街を子どもたちに見せたりしたときの二回である。

三十代以降は、職場、地域、家庭での生活が忙しくなり旅もしていられなくなった。職場へはバスに揺られての通勤だった。そこで、御坂（現笛吹市）から甲府までの、ふつうなら平凡で退屈きわまりない四十分間を読書や擬似の旅の時間とした。窓から見えるいつもの景色を想像力で旅の景色に置きかえて旅の気分を意識的につくった。家から職場までの旅、そんな思いをみずからに課せて楽しんだ。吉行淳之介に、「煙草屋までの旅」というエッセイがある。これとおなじ考えである。思い方によっては日常の中にいくらでもちょっとした旅になる要素はあった。単独の山行もまた旅となった。

五十歳前後、ある冊子に「夢紀行」という、まさに空想の物語風の紀行文を四年間二十四回にわたって連載した。地球のあちこちをひとりで旅をしては、そこでみたもの、遭遇したできごとを描いたものである。むろんフィクションであるから、地球のどこへでも行けた。カスピ海のちいさな村、冬のモスクワ、スカンジナビア半島の最北地、モンロビア(リベリア共和国)、アルジェの砂漠、マダガスカルの島、南太平洋の無人島、アンデスのクスコ、アマゾン川の最大都市マナウスちかくの森、南極に一番ちかい町プンタアレナス、メキシコシティ、ジャマイカ、といったところである。現実にはさまざまな理由で行くことのできない世界の遠い旅を、未知の人々との出会いを、あこがれと空想で満たしたというわけだ。読者からの反応もあり、私を知っているという何人かが、編集者に私の消息をきいてきたという。そのひとたちは、フィクションなのに私がほんとうに地球のいろいろな土地を旅していると思っていたようだ。罪なるものを書いたものである。一冊の本にまとめてみようと「彼の地、果ての地、夢のみちずれ」と、少々テレくさいタイトルまでつけたのだが、いまだ眠ったままである。もともと幻の旅であり、どうやらほんとうに幻の旅の本としておわりそうである。

二十代、自転車での旅は、私を精神的につよくし、生きていくうえでの自信、行動することの意味をおしえてくれた。通勤バスでの旅では、こころの持ち方ひとつで旅の気分をつくりだしたり、想像することで平凡なる日常をおもしろくできることを知った。何はともあれ、フィクションによる世界の旅は、空想し想像することの楽しみをあたえてくれた。

還暦をむかえ、定年退職となり、自由の身となったとき、「よし、これからは二十年かけて冥土への旅立つ準備をしよう」と自分にちかった。

それから早七年がすぎた。冥土への旅立ちはひょっとして早まるかもしれないし、二十年以上はかかるかもしれない。なにがどうなるかわからないのが人生の旅である。遠い旅路をおもう一方、コンビニに行ったり、愛犬とさんぽしたり、畑へ行ったり、図書館や美術館、文学館、ときにコンサートや芝居に足を運んだり、いろいろな仲間と会ったり、いいかえれば、冥土へ旅立つために、ひたすら身近な旅を続けているのである。

（「ぜぴゅろす」七号　二〇一一・五）

羊の変貌

以前、朝日新聞の地方版に「顔と責任」なる拙文を書いたことがある。なぜ、ワシやトラはこわい顔をしていて、ウサギやヤギは優しい顔をしているのか、それは、ワシやトラなどは獲物を襲う肉食動物、ウサギやヤギは草食動物で、まさか、草が逃げるわけではないので、襲うということもなく、また、相手を威嚇したりして恐怖に陥れる必要もないので、いつも穏やかで優しい顔をしていられるのだ、というようなことを書いた。

草食系男子ということばが言われはじめて何年もたつ。むき出しの闘争心は微塵もなく、ひたすら優しくおとなしい性格が取り柄の男を指して言うのだろう。自分もどちらかといえば草食系である。

私は戦中の一九四三年（昭和十八）十一月十五日に生

まれた。ひつじ年である。七五三の日である。坂本竜馬が生まれた日でもあり暗殺された日でもある。太平洋戦争がいよいよ激しくなり、学徒動員があった年である。戦争協力のための文学報国会が組織され、高村光太郎が詩の部会長となり、この時期、ほとんどの詩人が愛国詩、戦争高揚詩などを書き、それをまとめて『辻詩集』が刊行されたのもこの年である。

すべての国民は、天皇の前で、軍部の前で、国家の前では従順でおとなしいだけの羊であった。戦地へ駆り出された兵士たちは、本来争いごとを好まない草食系の人間であったのに徹底的に肉食系に鍛えあげられ、猪突猛進ならぬ、狂った羊のごとく羊突神風盲信して、異国の土に無残にも散っていったのだった。

大江健三郎に「人間の羊」という短編がある。バスの乗客が、酔っぱらった進駐軍兵士たちに下半身を露出されるなどの屈辱を受ける話だ。しかも乗客は無抵抗。

大江は戦争に負け米国のいいなりになっているおとなしい日本の羊（国民）を描いた。今でも日本の政治状況を見るにつけ、同じような羊を見ている思いになる。

一方、沖縄の基地反対、オスプレイ配備反対、原発再稼働反対、これらのデモや集会を見ると、単におとなしいだけの羊ではない。国のいいなりにならない羊が一匹、百匹、千匹、万匹、十万匹、百万匹……。だが、暗闇には虎視眈々のトラ、トラ、トラも潜んでいるのだ。

（葵生川玲編・詩華集『羊の詩—一九四三年生まれの詩人たち』・二〇一三・四）

夏富士や霊山遠くなりにけり

富士山が世界文化遺産に登録されて日本中が歓喜に沸いたかのようだった。決定した瞬間に、私はついつい、拍手を万歳をしそびれた。躊躇があったのだ。オリンピック東京決定のときも同じだった。みんなが歓喜に沸いているのに私はどうかしているのだ。

たしかに富士山は世界に認められたのだが、世界にというより、正式にはイコモスが文化的価値を調査評価し、ユネスコの世界遺産委員会に登録勧告し、同委員会が認め決定し登録したのである。もちろん文化遺産に登録されることによって、あらためて富士山にまつわる文化遺産の数々を知るきっかけとなり、さらに富士山を守ろうという機運も高まるであろう。しかし一方で遺産に登録されることによる弊害というか、心配というか、危惧したくなるものもある。およそ富士山の文化的価値などとは無関心に、あの手この手でひと儲けをたくらむ、つまり富士山を商売の神様にしてしまわないかと私はおそれているのだ。

富士山は霊山である。遺産登録をきっかけに益々登山者は増えるだろう。新宿や渋谷の人混みのような混雑ぶりでは霊山としての富士山は遠のき俗山となる。たとえ夏山であっても近寄りがたい富士山の一面があってもいい。蟻の行列のような夏の富士山をどうして霊山といえるだろう。もちろん遠方から眺望すれば確かに霊山の姿である。しかし、ごった返す富士山を思ってしまうと、夏富士だけは霊山と呼ぶのをためらってしまうのだ。

富士山は自然遺産には落ちた。なぜか。環境保全の問題があったからだ。トイレのきたなさ、想像を絶するごみの量。バッテリーやタイヤといった粗大ゴミまでもが大量に捨てられていたというのである。アルピニストの野口健は、こうした現状を見かねてゴミ拾い運動を多くのボランティアとともに続けている。彼らのような真に富士山を愛し守る人たちがいてこそ、富士山は富士山としてあるのである。

今回の遺産登録は、富士山そのものではなく、富士山がもたらした文化的価値、たとえば信仰であり、絵画や文芸、伝統的行事などの芸術遺産である。こうした文化を育んだことに対して評価され、登録の名誉を与えられたものである。富士山の自然的価値ではなく、富士山の文化的価値に対してなのである。この点を混同してはならない。文化的な面を見ずに、形の良い富士山、美しい富士山、日本一高い富士山などといっている人が多すぎるように思う。

私が、拍手を、そして万歳を躊躇した理由がもう一つある。それは富士山の裾野に自衛隊と米軍の演習場があり富士山に向かって大砲をぶっ放していることである。かつてアフガニスタンのタリバン政権がバーミヤン遺跡の大仏を破壊したあの映像を記憶している人も多いだろう。兵器が文化遺産を破壊したのである。私には富士の演習場で、世界文化遺産に向かって発砲しているようにも映ってしまうのだ。

しかし、日米同盟の楔があるとはいえ、このことはメディアも行政も政治もどこもあまり取り上げようとしない。知らんぷりを装っているのか、まったく気づいていないのか、イコモスもユネスコも、この現状を知らなかったのだろうか。触れてはいけないタブーなのであろうか。

富士山が自然遺産にならなかった理由に演習場の問題もあったのかもしれない。あるいは、今回文化遺産に登録させておいて、将来の演習場の移設、撤廃運動に期待しようという高度なイコモスやユネスコの戦略があるのだろうか。

富士山が遺産登録されようとされまいと、私にとっての感動の富士山は、そうあの時の富士山だ。あの時といっても、もう四十年も昔のことになる。富士山の頂上でプロポーズと同時に婚約指輪を今の家内の指におさめたあの時の富士山である。

この時のわが人生の記念シーンには、おまけがある。

指輪がなんと針金であったのだ。「イマジネーション」前号にもちょっとだけ触れたが（「詩人、菅原克己さんとの思い出とその周辺」）、登山前日に仕上がっているはずの指輪が出来上がっていなかったのである。忘れられていたのである。文句を言っていても仕方がない、明日には間に合わない。そこで一計を案じ、家にある針金で手造り自家製の指輪を作ったのである。

こうして世界で一つだけの指輪を、御来光を浴びながら彼女の指にはめたのである。むろん、事情を富士山に登りながら先にいっておいたので彼女は失望することもなく、感激してくれたのである。

富士山は文化遺産に登録された。けれども私にとっての富士山は、文化遺産ならぬ記憶遺産として存在する。

（「イマジネーション」一一号　二〇一四・二）

解説

実存と風刺とユーモア

北畑光男

台所がほらあなに見えてくるのだ／そこから笑って這いあがってくるのが／母／ほらあなでなければいけないみたいに私は／笑わなければいけないみたいに母は／こころに一つの仕掛けをもっている／これが生きる家族の姿勢というのであれば／あらゆる料理の匂いは　すでに／まちがっている
（「台所」）

これは第一詩集『料理考』のなかの一篇であるが、詩人の出発は早く、年譜によると一六歳、高校二年生のころからのようだ。

『料理考』が出たのは一九七一年著者二七歳の時。注目したのは生活の場の台所をほらあなに見ていた作者の独自性である。

皮をむくと／父の首／母の首〃噛みつくと／父の血／母の血〃冬の晩／ぼくは考えている／何故／みかんはすっぱいのかと〃食べかけのみかんを炬燵に置いて／ぼくは裏の畑に血を吐きにいく
「みかん」

同様にこの作品も家族のしがらみや血の重さ、生きることのなまなましさが伝わってくる。長男の古屋さんであればなおのこと強く思うのであろう。

大分前になるが、村上昭夫研究の『雁の声』に古屋さんから「ローマの野良猫、宇宙の野良犬」の題で原稿をいただいたことがある。その中で古屋さんは（ローマでのもう一つの光景は、それは、路地裏の暗いようなところに、黒くやせた野良猫がぞろぞろと群れをなしているのだ。／略／私は不意に村上昭夫の「野良犬」の詩を想い浮かべたのである。猫と犬の違いこそあれ、村上昭夫の「野良犬」はまさしくローマの「野良猫」とウリ二つのようなものなのであった。／略／ローマではなぜ野良猫が次から次へと生まれねばならなかったかと、私は考えてみるのだ。

最後に、「宇宙を隠す野良犬」の終章部分を記しておく。）として、村上昭夫の次の詩を引用している。

それが分かってくる時／宇宙の秘密は解けるのだ／宇宙の端が一体なになのか／その先がどうなっているのか／一匹の地に飢えた野良犬が／中略／それをしっかりと／隠しているのだ

会田綱雄の「伝説」は死者を食った蟹にはいっぱい肉が入っていて旨い、という中国の伝説をもとに創った詩であると聞いたことがある。また、古屋さんは故郷の先輩である深沢七郎の「楢山節考」にもつながるところの人が生きることへの悲哀を知ってしまったようだ。

会田綱雄や深沢七郎と古屋久昭さんとのおおきなちがいは時代背景が異なる。古屋さんの青春時代はわが国が高度経済成長に入りだした頃であり、当時の若者には何でも見てやろうという気概があった時代とも重なる。

『料理考』刊行後、ヨーロッパ五か国を二四日間かけてまわっている。この年に詩集『椅子の眼』を刊行、同年秋には結婚をしている。古屋さんの詩がどのように変化していくのか少し追いかけてみたい。この作業をとおして古屋久昭さんの詩がその全体像を顕わしてくるように私には思えるのである。

椅子の　人生のようなもの／椅子の　生涯のようなもの／が　あったかもしれぬ〃だが　椅子は／やはり無くたっていいのだ〃椅子は／痛みの　席だったから／椅子は／差別の　場所だったから　「椅子」部分

若い地方公務員としての社会生活を営んでいる古屋さん。昇任していくたびに、座る椅子の機能や形態そのままに、椅子がその人の全人格と錯覚してしまう。椅子の位置が何を意味するか、差別への憤りはまた見事な社会批評にもなっている。

次の詩集『落日採集』では、最愛の妻との生活に新しい世界を見出している。

さあ　でかけようか　と私〟まちに待った　にちようび／妻とふたり／西の方へ／県境の方へと／落日採集〟あみは持ったか／おおきなふろしき忘れてないな／空には／まっ赤に散った　ゆうやけの波／妻がおんなの顔でかぶる波／略／ふろしきに包んで／肩にかつぐのは　私／もう逃がさない／逃げはしない

「落日採集」部分

ここには妻と一日一日を大事に生きようとする積極的な生が表現されている。結婚は作品を少しずつ生の肯定へと変化させてきたようだが、それがさらに前向きになりながらも、作品にユーモアや哀しみも併せ持つ作品を書いているのが詩集『あ・い・う…さん』である。

やすだかさんが／空を泳ぎ始めた／入道雲を配した夏の空だ〟平泳ぎでパンツだけははいて／なんでも奥さんを亡くしてから／空を泳ぐ練習を始めたという噂だ／略／やすだかさんは／小さなプレス工場の社長さんだった／十年目で倒産した／略／そのころ奥さんが病気になった／心がやさしかったから／よく看病した／略／やすだかさんの泳ぐ空に／稲妻が走り／黒い雲が風を運んだ／はげしい雨がやすだかさんを叩き／うずを巻いた／やすだかさんは／あっというまに／どこかに持って行かれた／略／小さな点が　はるか彼方に／略／その点は／やすだかさんだと／略／

「やすだかさん」

自然の大きさに人間や人間の生を配した伸びやかで美しい作品である。人生の悲哀をも美しく昇華しているのだ。詩集『あ・い・う…さん』には何人もの人が登場するがもともと古屋さんのなかにあった生の悲哀がユーモアを帯びて伸びやかに表現されたのは厳しくも美しい富土山を持つ山梨の風土が生み出したものであるからか。

むねんさんは／ブランコ乗りが大好きである／略／もう日課である／略／むねんさんは／トラックの運ちゃんだった／北海道から九州まで平気で走り回った時期もあった／四十歳を過ぎたころ事故にあった／略／六十歳のとき／妻と一人娘を亡くした／今度は妻の車が交通事故を起こしたのだ／略／ブランコ乗りを始めたのは／そのころである／略／むねんさんの最後の希みといえば／ブランコに揺られながら／妻と娘の処に行かれることである／その日のことを／うつらうつら思いながら／むねんさん／今日もブランコに揺れているのである

「むねんさん」

これらの作品を収録している詩集の題名は「あ・い・う…さん」である。どこにでもいるような人を親しみやすい呼び名で表現している。たくさんある作品のどの部分かはいつかどこかであった人のようであり、また自分にも当てはまりそうな部分がある。

詩集「あ・い・う…さん」は、詩が他者を意識しただけではなく、ユーモアを実存に忍び込ませている。

さらに注目しなければならないのは詩集『虫らしく花らしく』である。

詩集は童謡集になっている。これらは見事な三人称になっていてしかも擬人化されている。古屋さんが意図しないところで詩作品としての力を発揮しているのではないか。一人称の詩はひろがりがないし、二人称の詩は窮屈だ。まるで現代の細い試験官に入ったような詩になりやすいのだ。「石ころ」は傑作である。

石ころ　じっと　みていると／なんだか　うれしくかなしく　なっちゃった／どうして　にわに　あるんだろう／いくおくねんの　ときをへて／ちきゅうのたんじょうと　おなじひに／うちゅうの　かなたからやってきた／ちきゅうの　からだの　いちぶぶん／／石ころ　じっと　みていると／略／どうして　こんな

かたちに　なったのか／いくおくねんの　ときをへて／こうして　ここに　ころがって／じっとたえていたんだね／じっと　だまって　いるんだね／略／でも　うちゅうの　こどもだったこと／だれもが　わすれず　おぼえてる

石ころが宇宙のこどもだったということは、万物がすべて宇宙のこどもだということでもある。混乱し行くあても見失ったすべての人に読んでもらいたい詩だ。「宇宙を隠す野良犬」のなかで村上昭夫は／野良犬がなぜ生まれてきたのか／それが分かる時／宇宙の秘密が解けてくる／と書いているが、それは悲哀を知ったひとにある優しさ、慈悲が大事であることをいいたいように思えるのだ。

　詩集を貫くのは批評の眼の豊かさである。

「お先に」という車がいて／「どうぞ」という車がいて／とうめいこうそくどうろを走っていたんだ／略／だがしばらくして／「お先に」という車が突然火を噴いて／略／すると今度は／「どうぞ」といっていた車が／「お先に」といって／快適なエンジンの音を出して／あっちへ行ってしまったんだ／あっちには海もあったので／あっというまに落ちてしまったんだ／略／とうめいこうそくどうろでは／あとからあとから／「お先に」という車や／「どうぞ」という車が／狂ったみたいな顔をして走ってくるんだ

「できごと」部分

〈とうめいこうそくどうろ〉とひらがなで書いた場合、読み手は東京と名古屋を結ぶ東名高速道路とも読むし消えていく世界の道路である透明高速道路とも読む。そしてこの場合はこの両方の意味を帯びてくるようにひらがなで書いている。お先に、どうぞといって消えていく車といい、他人の事故（不幸）など構っていられないともいっているようでもある。車社会と無関心社会の現代を見事に風刺した感性の豊かさ。天野忠の詩とも通じ合う実存を踏まえた風刺などの作品も収録された詩集である。

　山梨（甲州）、埼玉（武州）、長野（信州）の三県にまたがる甲武信ヶ岳を源流に持つ笛吹川は笛吹市の中央を流れる。古屋さんは富士山のよく見える御坂峠を少し下った甲府盆地の東部（現・笛吹市御坂町）で生まれ現在に至っている。古屋さんによれば夏は酷暑、冬は厳寒、寒暖の激しい土地であるという。寒暖差の大きい場所ほど、果実としては最高の味といわれる甘くてしかも酸味をもつ果実が実るというが、山梨の果物といえばブドウ、モモ、サクランボなどが思い浮かぶ。このような風土で古屋さんの詩は鍛えられてきたのだ。生きる哀しみに風刺やユーモアを併せ持つ独自の詩境はこれら果物の味に似て甘く、酸っぱく、深い味わいをもつ果物と似てはいまいか。

アレゴリーで凝視する日常と人生

中村不二夫

1

このたび古屋久昭の詩篇を通読して、長篇から短篇、生活抒情から社会事象の詩、さらに情景描写の詩まで、その幅広い修辞力に驚愕した。そして、一冊ごとに別の詩人が書いたといっても不思議ではないほど、各詩集が中身も修辞も明白に独立している。

　古屋より感覚的に優れてはいても、構成力でそれに優る詩人は少ないのではないか。おそらく、こうした古屋の才能は、今後アンソロジーを編んだり、詩史を作ることで力を発揮できるのではないか。

　古屋は良い意味で長く公僕の仕事に就いていたことで、

類い稀な忍耐力と、それを現実化する企画力を身につけている。こうした古屋の人間性をみていくと、たとえば校内トップの成績で表彰されるとか、マラソンをトップでゴールする、そんな勤勉かつ模範的人物をイメージしてしまう。しかし、そうした人物は、詩人の資質とは乖離し、一文の得にもならない詩を書いたりしない。詩人は社会との不和をことばで埋めたり、たとえば出自に不幸なことがあったり、団体行動になじまず孤立していたり、そういう負の生活環境が原体験となって詩を書かせるのである。まちがっても、詩人は人から顕彰を受けるような人物には適さない。いわば、詩人は人生の悲哀とその影を背負い、あるいは表層に虚構を感じつつ、生きていく覚悟ができる者を指すのである。

そういうことを前提にして考えると、古屋は、詩人としての資質からは遠い位置にいるように思える。しかし、ここで言いたいのは、その先のことで、公務員として家庭の良き夫、父として模範的人生を過ごし、地域や各種団体の役もこなしながら、いったい古屋のどこに、詩という、いわば非世俗的、反体制的な精神が潜んでいるのか、という二律背反への探求である。

それをみていく上で、はじめに第四詩集『あ・い・う…さん』（人名詩集）から解説に入っていきたい。この詩集はタイトルのユニークさとはちがい、どの作品も、かなりシビアな人間観察を基調とし、〈肯定より否定〉、〈楽観ではなく悲観〉、〈希望より絶望〉の相対的優位が読み取れる。多少のユーモアはあるが、そのほとんどは容赦のないカタストロフィの表出である。それでも修辞のやわらかさに幻惑されて、つい最後まで読み耽ってしまう。

この詩集の登場人物をみていくと、「やすだかさん」はプレス工場の社長で、関連の親会社のあおりを受けて倒産、妻の病気もあり、その後「空を泳ぎ始め」てしまう。「あっけむさん」はロボット技師で、ポコンタ君というロボットを連れて歩くのを日課とし、こちらは「真っ赤な空に吸いこまれ」て姿がみえなくなってしまう。「たんのんさん」は、電柱登りが得意で、みんなに注目される中、煙突のてっぺんをめざして登っていくが、こちらも行ったきり帰ってはこない。こうして、出てくる登場人物のほとんどの結末は超現実的である。

これら詩集に集められた作品は、古屋が心身共に充実した四十代のころのもので、他者の人生にもようやく関心を寄せられる精神的余裕もでき、それゆえ詩集に登場する人物は古屋が人生の途上で出会った人たちの生活的幻影ではないかと思われる。また、ある種の想像世界が生み出した究極の虚構ともいえる。この詩集全体がアレゴリーで構成されていて、言語遊戯とは無縁で、妙に生々しい。広義ではリアリズムの変形といってもよい。

ここで描かれているのは、人がどう人生を希望的に生きたかではなく、どのように不本意に、あるいは理不尽に人生の最後を迎えたかという看取りである。たしかに、人の最後はきわめて残酷で、たとえば青年期に刻苦精励し、壮年期に社会的地位を形成し、定年後は好きな趣味に興じるということができたとしても、笑顔で天国に旅立てることなどほとんど不可能である。老年期に入ると、だれもが介護の手を必要とし、結局はほとんど『あ・い・う…さん』の中の登場人物のだれかに直面せざるをえない。しかし、まだそれは幸せのほうで、青年期から壮年期、病に倒れ、そのまま帰らぬ人になることも多いのだから。いずれにしても、だれもが『あ・い・う…さん』の一人一人になって消えていくことは否定できない。

この頃、古屋の内面を占有していたのは、人が現実を生きることの儚さと悲哀である。そのことを古屋は、人生が思うようにいかなかった人や、人生の半ばあるいは後半で不幸な事象に遭遇した人や、どこか普通とちがってしまった人、社会の流れから外れた人、落ちこぼれて最後を迎えている人などに、投射させて描いてみせる。その描き方は、淡々として時に容赦ないが、実は古屋の底流には、こうした人たちに対する親しみ、愛しさ、共感、優しさがあり、だからこそ人生の儚さや悲哀を浮き彫りにして見せることができるのである。

経済の高度成長後の日本は、この詩集に登場する人たちを切捨て、ある時は見下げるようにコロコロと肥り続けた。それは日本人全体に、ある意味で金持ちが偉い、健康人が優位、しゃべったほうが勝ちという愚かな欧米的価値観を植え付けた。功なり名を遂げても、その末路が古屋の描くような世界であったら、いったい人が求める幸福の本質とは何か、その答えをだれも示さない。哲学書にも宗教書にも書いていないし、もちろん、そんな人間の終末期のことは学校では教えもしないし、教会の牧師も語りはしない。いつでも学校教育は、人生はバラ色の未来で、努力すれば楽園が待っていると、古屋の詩における社会からの疎外感、人生から脱落してしまうなど、そうした場合の対処をまったく示さない。すべて楽観主義の刷り込みでしかない。しかし、古屋の詩が伝えるように、プラグマティズムの成功者こそが例外で、そんなに人生は教科書通りにうまく運ばない。

それでは、詩集『あ・い・う…さん』は優等生である古屋の韜晦であったのか。もちろん、そうではない。ある面で職場の経験から得た、プラグマティズムの限界を知り尽くした、古屋ならではの現代社会を支配する楽観主義への異論提出ではなかったか。いわば古屋は、ほとんどうまく行かない人たちをモチーフに、それこそが人生の答えであることを身を挺して示唆したのではないか。古屋は「椅子」という詩にもあるように、少しずつ職場で地位を上げてはいくが、どこかでそうした世間的な成功譚への懐疑が芽生えていたのではないか。

2

それでは、つぎに少し前の詩集に戻って、二つの詩を読んでみたい。

疲れてはいけないよ　ブラコ
希望は絶望より深い病気だよ　ブラコ
夢の中に医者はいないよ　ブラコ
（「料理考」・詩集『料理考』）

絶望のように／希望だって／病気さ／私の／快い大脳

の／眠りよ／夢のなかに／医者を捜すな／夢のなかに／
病気の顔を　植えよ

（「忠告」、・詩集『椅子の眼』）

第一詩集『料理考』は、日常的光景をスパイスの効いたアレゴリーで味付けした、まさにことばの創作料理という趣きで文句なく楽しめる。「皮をむくと／父の首／母の首〃噛みつくと／父の血／母の血〃冬の晩／ぼくは考えている」（「みかん」一〜三連）、「食べ終って／みんなして茶ワンの底を覗く〃「いつみても深いんだね」／いったのは母であった」（「食後」一〜二連）など、古屋は詩人として瞬時に物の核心を摑む直感力にも優れていることが分かる。人の複雑な感情を、物との関係で、ここまでシンプルに読み手にくっきりと分かるように書ける現代詩人は少ない。戦後現代詩は、こうしたシンプルな言語形式をどこに置き忘れてしまったのか。古屋二十代の第一詩集だが、すでに独特のアレゴリー技法は完成の境地にちかい。

第二詩集『椅子の眼』は、モチーフを家族から職場に移しても、その半ば毒を含んだ強烈なアレゴリーの威力は変わらない。そんな中で、二つの詩集の共通するフレーズを先に引用してみたのだが、いったい「夢の中に医者を捜すな」という意味の核心は何か。めったに出てこないフレーズが、二度も繰り返されているその根底にある原型なるものは何か。古屋の視点は安易な希望より絶望の深みに真摯に向き合っている人の側にあり、このことは必然的に健常者の側に立たないので、医者はいらない。だから、医者への取り次ぎもしなければ、そうしたものへの期待もしないということか。

これを読んで思ったのは、古屋は戦後の「荒地」派の系譜に立った詩人であることである。たとえば、田村隆一の詩集『四千の日と夜』では、それまでの情緒に訴える機能を拭い去り、読み手に思考の変化を促す思想性を獲得した。古屋はさらにその前衛の継承者たろうとしていたのではないか。ことばを安易に情緒の側に譲り渡したら、それは戦前近代詩への先祖帰りだという「荒地」

的理念である。古屋は言語主義の詩人ではないので、戦後前衛詩特有の難解・晦渋の表現をとらないが、その詩は希望をうたう生活者文学、社会変革をうたう勤労者詩人の方向にいかない。

　第三詩集『落日採集』は、比較的生活を肯定的に描いている。巻頭の「水たまり」に、「私は問うていた／問う意味を／私は妻やこどもよりも／わずかばかり知っていた」とある。古屋にとって家族は無条件に護るべき対象であって、ここでは言語のアレゴリー変換は最少に留まる。この詩を読むと、古屋は家族を大切に実直な人生を過ごしてきたことが分かる。その背景には、職場では温厚に生き、詩人という顔を極力封印するという代償を必要としたが、おそらく家庭にあっても模範的な家長を演じ続けてきたのではないか。しかし、古屋がどれだけ、日常の秩序と抗って生きてきたのか、無言の闘争を展開してきたのか、つぎの詩を読むと分かる。

　仕事を終えて／街をぶらついていた∥何かあたってくるので／みると／夕日だった∥夕日は／早く沈みたがっていた／輝き続けること／それが　どんなにつらいことか／わたしも／知らないわけではなかった

（「夕日のゆくえ」一〜三連・詩集『落日採集』）

　詩人古屋の生き方は皆から成功を期待され、慕われる夕日に象徴される。そこで古屋は、日々抑圧された感情をことばに変換し、バランスをとって生きていくが、その詩は日常からの解放や慰安には向かわなかった。「輝き続けること／それが　どんなにつらいことか」と、古屋の詩から、日常を必死に耐えて生きている詩人のまなざしと声が聴こえてくる。しかし、人生というスパンでみれば、だれもが、輝き続けることはつらいことであり、いずれ輝きの限界、終焉というものがあり、古屋の詩は、このことも示唆しているように思える。

　この他、童謡集『虫らしく花らしく』は、古屋の技法的な幅の広さを窺わせる。また、小説『繃帯人間』などはドラマ化しても面白い問題作である。古屋には未発表、未刊詩集が、本文庫全収録詩篇とほぼ同数あるという。これらに少しでも触れたいが、すでに与えられた枚数も尽きている。収録の未刊詩集から北京五輪をテーマに書いた「メダル」という作品を紹介したい。

その国の夜空に／五輪の炎が消えていく／人々は　称えた　メダルの数を／国は誇った　メダルの数を／／金　銀銅／米国　百十個／中国　百個／日本　二十五個／／それでも　私の／耳にとどいてくるのは／遠い小さな国のおおきな歓声／目にうかんでくるのは／見知らぬ国の見知らぬ人々のよろこびの顔／／モルトバ　一個　銅／モーリシャス　一個　銅／トーゴ　一個　銅

　物の真実は、人が見る角度で、いかようにも変化させられることが分かる。古屋はその目の角度に注視し、読み手の思考を動かしてきた詩人である。それは計算され尽くした理念ではなく、べたついた情念でもなく、詩人らしい乾いた直感のまなざしといってよいかもしれない。

本文庫には、古屋が詩人として生きながら、様々なテーマや詩のスタイルに挑戦し、詩集を出すたびに変貌を遂げてきた様子が明快に見てとれる。古屋はこれまで小説やエッセイ集を上梓し、絵画の個展を開くなど詩以外でも多彩な表現活動を続けてきた。今後、詩の分野ではどのような詩の展開を見せてくれるだろうか、楽しみである。

古屋久昭年譜

一九四三年（昭和十八年）　当歳
十一月十五日、山梨県東八代郡錦生村（現笛吹市御坂町）二之宮に父正一、母房恵の長男として誕生（姉・妹・弟の四人兄弟）。父母は農業（小規模）に従事。

一九五〇年（昭和二十五年）　六歳
村立錦生小学校（現御坂西小学校）入学。

一九五六年（昭和三十一年）　十二歳
町立峡東中学校（現御坂中学校）入学。

一九五八年（昭和三十三年）　十四歳
「中学時代」（旺文社）の新年号の付録に付いていた日記帳に日記を書き始める。以後現在まで五十七年間書き続けている。日記を書くことで、その後、詩や小説、エッセイなどを自然発生的に書き始める。

一九五九年（昭和三十四年）　十五歳
山梨県立甲府工業高等学校（定）入学。担任は川久保正郎先生（作家、深沢七郎とは親友で文学仲間）。

一九六〇年（昭和三十五年）　十六歳
この頃より詩を書き始める。校内文化祭で詩・川柳・絵画の三部門で金・銀賞受賞。詩の選者は、山梨県の先達詩人、内田義広氏。

一九六一年（昭和三十六年）　十七歳
将来工場長にと請われて手伝っていた親戚のメリヤス工場が閉鎖したため、甲府の力電気㈱でアルバイト。

一九六二年（昭和三十七年）　十八歳
甲府市役所臨時職員として勤務。

一九六三年（昭和三十八年）　十九歳
甲府市役所に事務職員として正規採用（市民課）。

一九六四年（昭和三十九年）　二十歳
市役所職員・県庁職員・銀行員・会社員の二十歳前後の仲間と詩を中心とした文芸サークル「砂の会」結成、代表となり、「砂」を創刊、以降、「砂」に詩を発表。「砂」は三〇号まで発行（二七号から長沢孝発行人）。この間、今薫・河東正之介らの「峠」と合流。

一九六六年（昭和四十一年）　二十二歳
九州（長崎）までサイクリング（十八泊十九日）。
一九六七年（昭和四十二年）　二十三歳
北海道（稚内・根室）までサイクリング（二十泊二十一日）。この頃からサンニチ（山日）詩壇に詩を投稿、掲載される（選者・曽根崎保太郎・宮田栂夫氏）。
一九六八年（昭和四十三年）　二十四歳
山梨県芸術祭詩の部優秀賞。日本水彩連盟展（東京都美術館）初出品、初入選。
一九六九年（昭和四十四年）　二十五歳
山梨日日新聞新春文芸小説の部一席入選。交通事故入院（追突され三週間）。山梨県勤労者美術展県議長賞。この頃より一人旅を楽しむ（北陸・山陰・北海道など）。
一九七〇年（昭和四十五年）　二十六歳
「新日本文学」甲府読書会の清水昭三・生保内育・深沢勝彦らと総合文芸誌「一九七〇」を創刊。
一九七一年（昭和四十六年）　二十七歳
清水昭三氏に詩人、菅原克己氏を紹介される。以来菅原克己氏と交流。第一詩集『料理考』を上梓（私家版）。「詩学」詩集評で彦坂紹男氏に「安堵と驚嘆のことばを吐かせる詩」と評される。小熊秀雄賞候補。
一九七二年（昭和四十七年）　二十八歳
ヨーロッパ五か国スケッチ旅行（二十四日間）。
一九七三年（昭和四十八年）　二十九歳
第二詩集『椅子の眼』上梓（私家版）。「詩学」誌上で、「既成のもの、倫理とか観念にとらわれない自由奔放さが身上」と村岡空氏に評される。第一回「詩と絵の個展」を開く（甲府・アトリエ）。北海道稚内、北門神社にて、本多正・ミツエご夫妻の立ち合いで甲府の女性、望月かずえと挙式。結婚披露宴は甲府にて、菅原克己・ミツご夫妻の仲人で会費制により行う。
一九七四年（昭和四十九年）　三十歳
長女、礼奈誕生。寺田重雄氏主宰の総合誌「鵜」に生保内育・深沢勝彦らと創刊参加。同誌に、詩・エッセイ・小説を発表。同誌を通じ、県内の多くの文芸・絵画・彫刻・書・演劇・脚本・音楽家らと知り合う。

一九七五年（昭和五十年）　三十一歳
甲府市立図書館から市長室広報課に異動する。
一九七六年（昭和五十一年）　三十二歳
次女、ルイ子誕生。
一九七九年（昭和五十四年）　三十五歳
甲府市役所文芸グループ「あかね」復刊参加。
一九八一年（昭和五十六年）　三十七歳
県内の文芸誌「文学と歴史」に創刊参加。
一九八二年（昭和五十七年）　三十八歳
秋谷豊主宰の詩グループ「地球」に入会。
一九八三年（昭和五十八年）　三十九歳
県内の詩の中核の詩誌「稜線」に入会。「山梨の詩祭」の実行委員長となり、「詩とダンスと歌の祭典」を企画、県民文化ホールにて開催。六百人を超える入場者。「詩と思想」誌上に十ページに亘って紹介される。朝日新聞山梨版の「談話室」にコラムを連載。
一九八四年（昭和五十九年）　四十歳
全国広報功労者表彰。谷川俊太郎を囲む座談会に出演（増穂町）。第一回アジア詩人会議参加（地球主催）。
一九八五年（昭和六十年）　四十一歳
安藤一宏・宮沢健太郎・山本育夫らと詩誌「域」を創刊するも一号で終刊。全国初の自治体ＪＤ番組を企画、「週刊時事」に紹介される。詩集（『落日採集』）・エッセイ集（『日々のおこぼれ、言葉の微熱』）・小説集『繃帯男・海辺』（美和草舎）の三部作（第四回露木寛賞）を上梓。新聞各紙に取り上げられる。同出版記念会に、文化芸術・市役所関係（市長・助役・教育長ほか）・友人ら二百余名（古名屋ホテル）。同出版記念「書く描くしかじかシンポジウム・表現て何だ！」開催（パネラー＝詩・安藤一宏、俳句・三森鉄治、短歌・三枝浩樹、小説・三神弘、演劇・水木亮、絵画・深沢修、立体造形・宿沢育夫、コーディネーター・古屋久昭）。
一九八六年（昭和六十一年）　四十二歳
埼玉医大病院に手術入院（顎関節円板損傷、三週間）。かいじ国体開催、広報担当として従事。
一九八七年（昭和六十二年）　四十三歳

広報課から企画推進課へ異動。二年後の市制百周年事業（甲府大好き祭り・交響詩の制作ほか）を担当。

一九八八年（昭和六十三年）　四十四歳

鉄鉢の会、久米明主演、高山図南雄演出、「山頭火、うしろ姿のしぐれてゆくか」の公演実行委員長。県民文化大ホールで昼夜公演、大成功を収める。「鵜」に発表した戯曲風小説「公園」が、甲府演劇集団（三井俊之代表）によって、甲府市の遊亀公園で野外公演される。好評により再演。日本現代詩人会に入会（現）。

一九九一年（平成三年）　四十七歳

日本現代詩歌文学館評議員となる（現）。

一九九二年（平成四年）　四十八歳

第三詩集『人名詩集「あ・い・う…さん」』（美和草舎）を上梓（日本詩人クラブ新人賞候補）。北畑光男氏による同詩集の書評が山梨日日新聞に掲載される。「甲斐観光」（小林孝発行人）にフィクションによる海外旅行記「夢紀行」を連載。山梨県芸術祭専門委員・詩の部審査員（現）。甲府市海外自主研修生として米国ニューヨーク市文化局を単独視察。ニューヨーク在住画家、佐藤正明氏宅にお世話になる。黒川紀章代表の「日本文化デザイン会議」の山梨開催の事務局を担当。

一九九三年（平成五年）　四十九歳

ルポ『山梨の地域文化探訪』出版（共著・山梨日日新聞社）。新川和江氏と対談（双葉町ベルフォーレ・游藝社主催）。「堀内幸枝・詩の午後」（一宮町）を企画。

一九九四年（平成六年）　五十歳

早野組文化誌「ＭＵＨ」に、岩崎正吾・江宮隆之・佐藤真佐美らと毎号共通テーマのエッセイを連載。ブックカバーの実用新案登録（特許庁）。エッセイ集『三色隣り合わせ』（美和草舎）を上梓。山梨学院大学で「文化行政」を講義。堀内幸枝氏を招いて「甲斐の秋、詩景散策と詩のサロン」を企画。平成六年の文化鑑賞、計百二十七回（美術展六十一、コンサート二十五、演劇十二、文学・写真・講演二十九）。他の年は統計未整理。

一九九五年（平成七年）　五十一歳

市役所課長に昇任（環境・政策広報・文化芸術の各課長

を歴任）。第一回花スケッチ展（甲府市社会教育センター）。市川アカデミーで「現代詩」を講義。

一九九六年（平成八年）　五十二歳

童謡集『虫らしく花らしく』（美和草舎）を上梓。第二回花スケッチ展（一宮町パレット）。「御坂町教育を語る会」にパネリストとして出席。「御坂童謡まつり」企画協力。瞑想と音楽を組み合わせたクリアゼーションコンサート（光の中へ）を企画主催。詩＝古屋久昭・歌＝篠塚澄子・ピアノ＝ジェイ・ジャンセン・朗読＝高木美保（甲府市総合市民会館）。「光の中へ」のCDがリリースされる（ハーモニックレイカンパニー）。

一九九七年（平成九年）　五十三歳

市役所次長に昇任（教育委員会・企画部・福祉部の各次長及び選挙管理委員会局長を歴任）。

二〇〇二年（平成十四年）　五十八歳

小説『繃帯人間』（文芸社）上梓。「週刊読書人」、「週刊スパ」で異色小説と紹介される。日本ペンクラブに入会。「甲府市中心街に芝居小屋を！」の呼びかけ人となる。丹沢良治・磯野茂・高橋辰雄氏ら文化関係者らが集まり、旧人生劇場などを見て回る。のちに平林ガラス倉庫を改造しての小劇場「桜座」復活につながる。第一回貢川アートフェスタで「田中泯の舞踊」を企画。富士吉田市文化祭の詩の選者となる（現）。

二〇〇三年（平成十五年）　五十九歳

コーチング知工房の「オンリーワンの達人・有名・無名人による自己表現語録」に田口犬男・俵万智・石田比呂志ほかとともに、「詩を基点に絵画や小説、エッセーなど自己表現の分野を拡大中」と紹介される。

二〇〇四年（平成十六年）　六十歳

甲府市役所定年退職。エッセイ集『日用散策』（山梨ふるさと文庫）を上梓。同出版記念「みどりの日」交流会（ベルクラシック甲府）を開く（県内文化芸術関係者等二百余名）。父正一、死去（享年九十二歳）。山梨県文化賞（奨励賞）受賞。

二〇〇五年（平成十七年）　六十一歳

やまなし県民文化祭総合舞台「甲斐湖水伝説」に童

謡集『虫らしく花らしく』から、「盆地のうた」が挿入歌に採用される。山梨文芸協会事務局長。山梨県詩人会理事長。十年近く休眠状態だった県詩人会を復活。第四回アートフェスタ貢川実行委員長。文芸講座「現代詩は面白い」を講演（甲府市教育委員会主催）。「桜座」企画委員となり、桜座復活に関わる。「山梨の詩祭」を復活。以降、毎年開催（山梨県詩人会主催）。

二〇〇六年（平成十八年）　六十二歳

前立腺がん全摘手術のため市立甲府病院に入院（三週間）。県立文学館運営審議委員。甲府市教育委員会主催講座で「あなたもアーチスト」を講演。

二〇〇七年（平成十九年）　六十三歳

『山梨の詩』（県詩人会発行）を二十二年ぶり復活。『山梨の詩２００６』に「小史　山梨の詩人会」を執筆。日本現代詩人会主催「現代詩ゼミナール（東日本）山梨」をベルクラシック甲府で開催、総括事務局担当。県詩人会会長（四期八年、現）。山梨文芸協会副会長（一期二年）。県立文学館主催「こども詩作教室」講師。

二〇〇八年（平成二十年）　六十四歳

「古屋久昭・山のスケッチ展」（学びの杜みさか）。「山梨の詩史大正から現代（詩集等）」年表作成（『山梨の詩２００７』）。甲府市教育委員会主催「甲府文芸講座」で「山梨の詩、大正から現代」を講演。二十代の頃から詩友として、詩について人生について語り合ってきた仲沢博行が、精神の病で三十年以上療養生活を送ったのち六十二歳の生涯を終えた。彼を偲び「療養詩人、仲沢博行の死と詩の周辺」を山梨文芸協会機関誌「イマジネーション」六号に執筆。東屋《あずまや》「玖偉亭」を開亭。

二〇〇九年（平成二十一年）　六十五歳

「山梨の詩史、大正から現代（創刊詩誌を中心に）」を執筆、『山梨の詩２００８』に掲載。山梨県詩人会主催「四季詩（色紙）展」企画。古屋久昭「詩と絵ミニ展」（学びの杜みさか）。山梨平和ミュージアム評議員。エコネットアート山梨「観るエクリチュール展」に詩を出品。六十五歳到達記念「古屋久昭・詩と絵といろいろ展」（詩・絵画・詩画・写真・絵手紙・ポスター・イラスト・創作年賀状。ビデオ・自作著書等二百五十点）入場者、六日間で一千六百四十余人（山交百貨店）。

二〇一〇年（平成二十二年）　六十六歳

「ポエムイン静岡」（静岡県詩人会）で「私の詩作遍歴」を講演。山梨の女性詩人の詩集展（甲府市立図書館）に古屋所蔵の山梨の女性詩集百二十点を提供。山梨日日新聞「月間詩壇」の選者となる（現）。「詩と思想」二〇一〇年五月号に「甲府盆地に詩の風が吹く―山梨県詩人会の活動」を執筆。青楓（津田）美術館運営協議会委員。静岡県芸術祭県外審査員（二〇一〇・一一年）。

二〇一一年（平成二十三年）　六十七歳

山梨県歌人協会総会記念で「年齢と表現」を講演。山梨平和ミュージアムで「戦時下の詩人たち―山梨の場合」を講義。母房恵、死去（享年九十三歳）。笛吹市市民講座「詩の作り方」講師。

二〇一二年（平成二十四年）　六十八歳

日本詩人クラブ入会。山梨県詩人会八十五周年記念事業の企画。同記念事業「山梨の詩史資料展」に、古屋所蔵の県内詩集・詩誌約三百点を展示。山梨日日新聞に「県詩人会発足から八十五年」を寄稿。笛吹市スコレー大学の「誰でも作れる大人の詩の教室」で一年間講師を務める。修了生による「詩笛の会」発足、顧問となる。詩誌「詩笛」創刊。

二〇一三年（平成二十五年）　六十九歳

山梨県民文化祭促進事業として詩人、麻生直子氏の講演を企画。「イマジネーション」一一〇号に「詩人、菅原克己の思い出とその周辺」を執筆。山梨近代史の会で「戦時下の詩人たち」を講義。葵生川玲編、詩華集『羊の詩―一九四三年の詩人たち』に三十三名の一人として参加。第二十八回国民文化祭「現代詩の祭典」企画委員長。同十月、笛吹市で開催。

二〇一四年（平成二十六年）　七十歳

二〇一五年五月開催の「日本詩人クラブ山梨大会」実行委員長。第四十八回日本詩人クラブ賞選考委員。

現住所〒406-0807　山梨県笛吹市御坂町二之宮五五九

新・日本現代詩文庫　123　古屋《ふるや》久昭《ひさあき》詩集

発　行　二〇一五年八月三十日　初版

著　者　古屋久昭
装　幀　森本良成
発行者　高木祐子
発行所　土曜美術社出版販売
〒162-0813　東京都新宿区東五軒町三―一〇
電　話　〇三―五二二九―〇七三〇
ＦＡＸ　〇三―五二二九―〇七三二
振　替　〇〇一六〇―九―七五六九〇九
印刷・製本　モリモト印刷
ISBN978-4-8120-2241-2　C0192

新・日本現代詩文庫

土曜美術社出版販売

109 郷原宏詩集　解説　荒川洋治
110 永井ますみ詩集　解説　有馬敲・石橋美紀
111 阿部堅磐詩集　解説　里中智沙・中村不二夫
112 新編石原武詩集　解説　秋谷豊・中村不二夫
113 長島三芳詩集　解説　平林敏彦・禿慶子
114 柏木恵美子詩集　解説　高山利三郎・比留間一成
115 近江正人詩集　解説　高橋英司・万里小路譲
116 名古きよえ詩集　解説　中原道夫・中村不二夫
117 新編石川逸子詩集　解説　小松弘愛・佐川亜紀
118 佐藤真里子詩集　解説　小笠原茂介
119 河井洋詩集　解説　古賀博文・永井ますみ
120 戸井みちお詩集　解説　高田太郎・野澤俊雄
121 金堀則夫詩集　解説　小野十三郎・倉橋健一
122 三好豊一郎詩集　解説　宮崎真素美・原田道子
123 古屋久昭詩集　解説　北畑光男・中村不二夫

〈以下続刊〉

124 佐藤正子詩集　解説　篠原憲二・佐藤夕子
125 桜井滋人詩集　解説　竹川光太郎
126 川端進詩集　解説　中上哲夫・北川朱実
葵生川玲詩集　解説　〈未定〉
今泉協子詩集　解説　〈未定〉

1 中原道夫詩集
2 坂本明子詩集
3 高橋英司詩集
4 前原正治詩集
5 三田洋詩集
6 本多寿詩集
7 小島禄琅詩集
8 新編菊田守詩集
9 出海溪也詩集
10 柴崎聰詩集
11 相馬大詩集
12 桜井哲夫詩集
13 新編島田陽子詩集
14 新編真壁仁詩集
15 南邦和詩集
16 星雅彦詩集
17 井之川巨詩集
18 新々木島始詩集
19 小川アンナ詩集
20 新編井口克己詩集
21 新編滝口雅子詩集
22 谷 敬詩集
23 福井久子詩集
24 森ちふく詩集
25 しま・ようこ詩集
26 腰原哲朗詩集
27 金光洋一郎詩集
28 松田幸雄詩集
29 谷口謙詩集
30 和田文雄詩集
31 新編高田敏子詩集
32 皆木信昭詩集
33 千葉龍詩集
34 新編佐久間隆史詩集
35 長津功三良詩集
36 鈴木亨詩集
37 埋田昇二詩集
38 川村慶子詩集
39 新編大井康暢詩集
40 米田栄作詩集
41 池田瑛子詩集
42 遠藤恒吉詩集
43 五喜田正巳詩集
44 森常治詩集
45 和田英子詩集
46 伊勢田史郎詩集
47 鈴木満詩集
48 曽根ヨシ詩集
49 成田敦詩集
50 ワシオ・トシヒコ詩集
51 高田太郎詩集
52 大塚欽一詩集
53 香川紘子詩集
54 井元霧彦詩集
55 高橋次夫詩集
56 上手宰詩集
57 網谷厚子詩集
58 門田照子詩集
59 水野ひかる詩集
60 丸本明子詩集
61 村永美和子詩集
62 藤坂信子詩集
63 門林岩雄詩集
64 新編原民喜詩集
65 新編濱口國雄詩集
66 日塔聰詩集
67 武田弘子詩集
68 大石規子詩集
69 吉川仁詩集
70 尾世川正明詩集
71 岡隆夫詩集
72 野仲美弥子詩集
73 葛西洌詩集
74 只松千恵子詩集
75 鈴木哲雄詩集
76 桜井さざえ詩集
77 森野満之詩集
78 坂本つや子詩集
79 川原よしひさ詩集
80 前田新詩集
81 石黒忠詩集
82 壺阪輝代詩集
83 若山紀子詩集
84 香山雅代詩集
85 古田豊治詩集
86 福原恒雄詩集
87 黛元男詩集
88 山下静男詩集
89 赤松徳治詩集
90 梶原禮之詩集
91 前川幸雄詩集
92 なべくらますみ詩集
93 津金充詩集
94 中村泰三詩集
95 和田攻詩集
93 藤井雅人詩集
97 馬場晴世詩集
98 鈴木孝詩集
99 久宗睦子詩集
100 水野るり子詩集
101 岡三沙子詩集
102 星野元一詩集
103 清水茂詩集
104 山本美代子詩集
105 武西良和詩集
106 竹川弘太郎詩集
107 酒井力詩集
108 一色真理詩集

◆定価（本体1400円＋税）